『疑惑の月蝕』

白い光線に、頭を強打されるような衝撃を感じて、何人かの下級魔道師がひっくりかえった。（274ページ参照）

ハヤカワ文庫JA
〈JA657〉

グイン・サーガ⑦⑦

疑惑の月蝕

栗本　薫

早川書房
4705

EARIE ECLIPSE

by

Kaoru Kurimoto

2001

カバー／口絵／插絵

末弥　純

目次

見るがいい、月を覆い隠すあのとばりを――
見るまにぬけおちてゆくそのおそるべきヴェールを。
あらわれいずるまことの相は、ひとにすべてを告げるだろう。
いまこそ知るだろう、ひとは、月蝕の深き闇のなかに
隠されたる真実のドールの相貌をかいま見、
おののきつつおもてを伏せるだろう。

――アントニウスの戯曲「月の王」より

〔中原周辺図〕

ナタール川
ノスフェラス
ヴァーラス湖沼地帯
ナタール大森林
ギーラ湖
ナタリ湖
ケス河
ユラニア
サイロン
トーラス
ケイロニア
ノルン海
アルセイス
ゴーラ
ロス
モンゴール
クム
リーラ川
カムイ湖
タリア
タリア
ワルド山脈
中原
ルーアン
イーラ湖
クリスタル
オロイ湖
アルムト
パロ
アルーンの森
カラヴィア
サルジナ
ダル湖
ダネイン大湿原
ドラス連山
ハイランド高地
ウル山脈
ルート
ラトナレン山脈
ウィレン山脈
カムリ岬
アグラーヤ
サーリスベリ
ランガート
アルート高原
カウロス
獅子原
ライゴール
レンティア
草原地方
トラキア自治領
トルース
リャガ
ヤガ
イフリキア
マハール
トルフィヤ
ヴァラキア
アルゴス
沿海州
アルカンド
アルゴ河
レント海

〔パロ周辺図〕

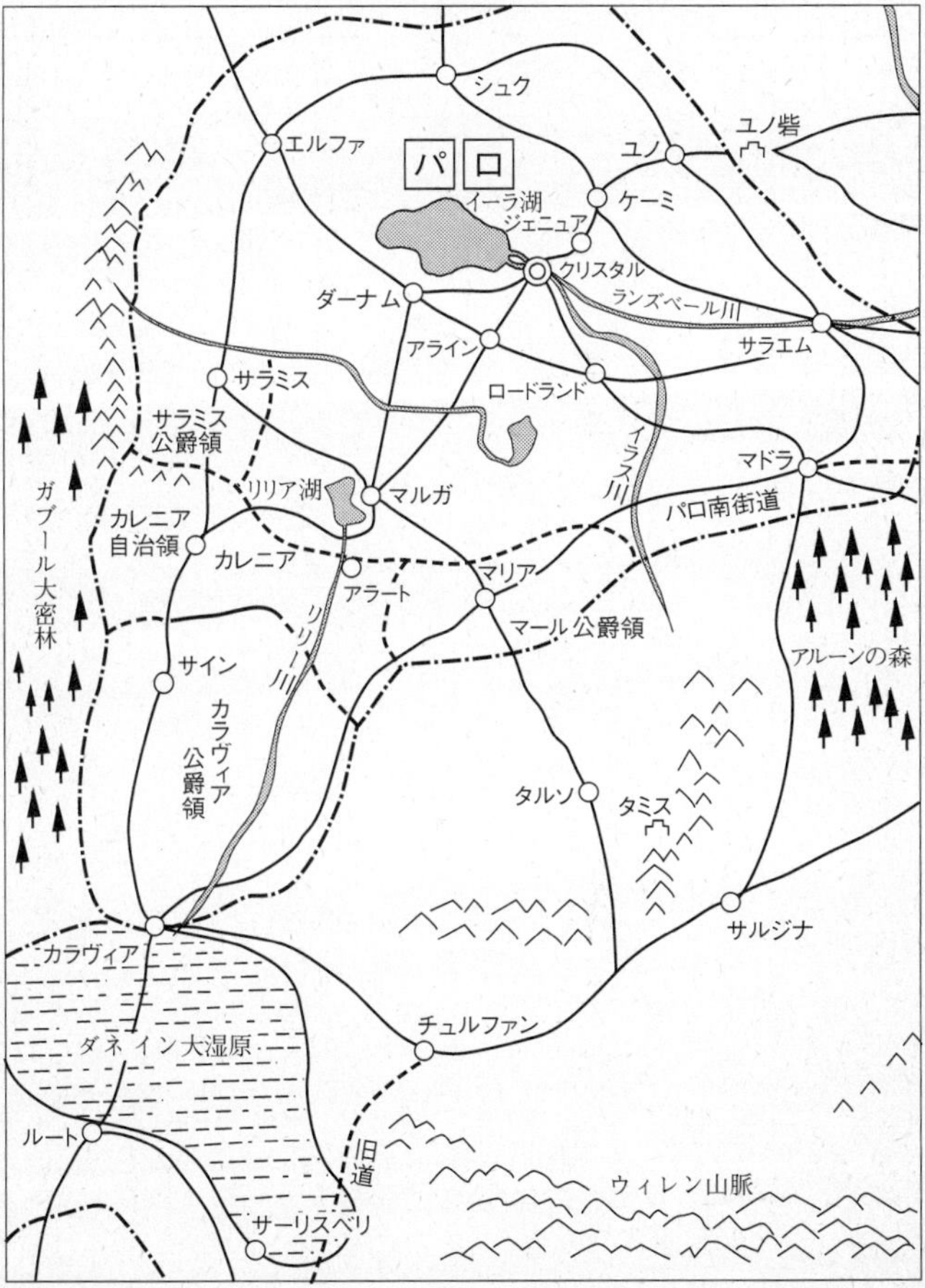
シュク
エルファ
パロ
ユノ砦
ユノ
ケーミ
イーラ湖
ジェニュア
クリスタル
ダーナム
ランズベール川
サラエム
アライン
ロードランド
サラミス
サラミス
公爵領
イラス川
マドラ
ガブール大密林
リリア湖
マルガ
パロ南街道
カレニア
自治領
カレニア
マリア
アラート
マール公爵領
リリー川
アルーンの森
サイン
カラヴィア
公爵領
タルソ
タミス
サルジナ
カラヴィア
チュルファン
ダネイン大湿原
ルート
旧道
ウィレン山脈
サーリスベリ

疑惑の月蝕

登場人物

グイン…………………………ケイロニア王
ハゾス…………………………ケイロニアの宰相。ランゴバルド選帝侯
アルド・ナリス………………パロのクリスタル大公
リギア…………………………聖騎士伯。ルナンの娘
ヨナ……………………………王立学問所の教授
ロルカ…………………………魔道師
カイ……………………………ナリスの小姓頭
スカール………………………アルゴスの黒太子
イシュトヴァーン……………ゴーラ王
カメロン………………………ゴーラの宰相。もとヴァラキアの提督

第一話　震　撼

1

恐しい沈黙が——

パロの大地にひろがっていった。

いや——

じっさいには、その叫びがとどいたのはごくわずかな一部分——パロの北、首都クリスタルの北西、ジェニュアをあとにすること半日——ルーナの森をぬけた平地にひろがる、小高いアレスの丘、その周辺だけの、ごくごく限られたあたりだったはずである。

にも、かかわらず——

あたりを圧してひろがった恐しい静寂は、あたかもパロ全土を、いや、中原のすべて、全世界をさえ埋めつくし、沈黙の巨大な重みで世界すべてをおしつぶしてしまったのかとさえ思われたのだった——！

それほどまでに、そのたったひとつの叫びがもたらした効果ははかり知れず大きかったのだ。

（聖王、アルド・ナリス陛下、御自害！）

（アルド・ナリス陛下、降伏をいとい、服毒、御生害！）

（反逆大公アルド・ナリス、逝去――）

誰もが、まさかと思っていたその叫び。

悲鳴のようなその叫びが、御座馬車のまわりからおこったとたんに――それが耳にとどいた瞬間に、人々は、どこにいたどのような騎士たちも、どちらの軍のものも、歩兵も騎士も隊長も、凍りついたように動きをとめてしまった。

その手に剣をふりあげたまま、あるいは馬のくつわをとっていままさにおどりかかろうとしたまま、まるで時がとまり、カナンの永遠が訪れたかのように――石と化したあの人々のように。

恐怖と驚愕に大きく目と口を見開いたまま、兵士たちは、その叫びをどうとっていいか、まったく理解できないかのように空をふりあおいだ。あたかも、空に本当の真実のこたえが書いてあるとでもいうかのように。だがむろん、暗い夜空にはそのような炎の文字などあろうはずもなく、もうあのおぞましい眼球の月も消え失せ、星もない夜空が黒々とひろがっているばかりだった。

松明の炎だけがゆらゆらとゆらめく。

（そんな――そんな……！）

（そんなばかな。そんな……そんなことがあってたまるものか！）

（ナリスさまは——アル・ジェニウスは……死んだりなさらない。自害などしない、あのかたは……どのようなことがあってもこのパロを救うべく、あえてあのおからだで立上がったのではないか！）

（嘘だ……そんなに簡単に……嘘だ、嘘にきまっている！）

奇妙なことに、動揺は、ナリス軍には当然のこととして、国王軍にもまったく同じだけの強さをもってひろがっていったように思われた。

いや、むしろ、ある部分では国王軍のほうが、動揺の激しいものがいたかもしれぬ。もとより、国王軍の騎士たちも、心からレムスに心酔し、傾倒してそれに従い、本当のにくむべき敵としてナリス軍と戦っていたものは本当はそれほどいなかった、というよりも、ほとんどいなかったのかもしれなかった。むしろ、さんざんばらまかれたナリス側のチラシをみて、一抹の不安にとらわれ、（もしかして、本当に、レムス国王は何かどこかの国のあやしい陰謀によってもうもとのパロ聖王ではなくなってしまっているのだろうか——？）という恐怖をあえて必死に押し殺しながら、その命令に従ってここまでも出むいてきたものも少なくない。かれらはむしろ、本当はナリスの主張のほうが正しいのではないか、というおそれと、いや、そんなばかなことがいまのこの世の中にあってたまるものか、というあやしいゆらめきとのあいだに引き裂かれながら、ためらいがちに剣をとり、よろいを身につけてここまでも追いすがってきたのだった。

それゆえに、いまひとつ、さしものパロ騎士団の剣さきもにぶりがちだったともいえるのだ。

(だのに……そんな……)

「降伏せよ!」

その叫びは、すでに、完全に包囲されたナリス軍の心臓部にもくまなくとどき、ひびきわたってはいたけれども——

誰もが、まさかそれほど早くにナリスがすべてを断念するとは思っていなかった。ナリスのことだ——あの、策謀家、パロきっての知将として知られたナリスのことだ。きっとなにかあっといわせる手を編み出して、まだあと一回や二回はかならずこのていどの窮地はくりぬけてみせてくれるに違いない——

じっさいには、敵であるはずの、ナリスを追い詰めているはずの国王軍の兵士たちのほうが、もっとその期待はひそかに大きかったのでさえ、あるかもしれぬのだ。

だのに、いま——

(パロ聖王、ナリス陛下御崩御!)

その、悲鳴のような叫びは、両軍の兵士たちの胸をつらぬき、かれらの足をとめ、ふりあげた手をそのまま凍りつかせたのだった。

誰もが、石像と化したそのおそろしい一瞬がすぎると、戦いの根源となるべき軍神が行方をくらまして、すべての気力を失ったかのように、へなへなと刀をおろし、気が抜けたようにあたりを見回した。もとより、敵のかぶとの中にある顔もまた、同じパロ人——どころか、クリスタルの同じ宮廷にかつてつとめていた同胞のものであり、なかにはよく知っている顔さえもあったかもしれぬ。その、同胞あいうつ悲劇にひきこまれていたことをいまさらに感じたように、力のぬけたようすで、かれらは顔を見交わした。その目のなかには、いずれも、(本当か?)(本当だろうか?)という疑惑と、不信と、そして不安の色だけがあった。

(もしかしてこれも……これも、あのナリスさまのおおいなるはかりごとではないのだろうか?)

(何しろかつて——そうだ、かつて、いくたびかあのかたはそうやって世をだまし、ひとをあざむかれた……)

(いまもまた、窮地に陥ったことで、起死回生の何かあっと驚く奇手妙手を思いつかれて、我々を——そもそも味方から騙そうとなさっておいでなのではないか?)

(そうだ……確か、あの偽りの婚礼にひきこまれたときも——マルガからクリスタルへ知謀をもって帰還されたときも、あのかたは……)

ナリスならやるだろう——

敵も、味方も、その思いがあるがゆえに、その悲鳴のような絶叫をすぐには信じられなかった。

それも無理はない。——ナリスはまさしく、服毒死したと見せかけて、拷問によって強いられた、征服者モンゴールの公女アムネリスとの婚礼のその祭壇からまんまと逃れてのけ、あのパロ復活の日のアルカンドロス広場によみがえった勇姿をあらわしたのだし、また、すでに、マルガでヨウィスの民に化けた暗殺者に襲われ、瀕死となってクリスタルへ搬送されたのも、おそらくはどうしてもナリスをマルガにとどめておき、クリスタルに戻らせまいとしたレムスの処遇にたいして、謀反を決意したナリスの策略の結果だったのだろうというわさは、クリスタルじゅうにもっぱらであった。まあ、それも、ひとがナリスでさえなかったら、そこまでかんぐられることもなかっただろうが、何しろふたことめには、陰謀家、策略の士として知られるアルド・ナリスである。そのくらいのことは、当然するだろうし、また結果としてはどうやらそれが真実だったのだと誰もが思っている。

それはまさに、陰謀家として知られてしまうことの最大の弊害だったかもしれぬ——何をしてもすなわち陰謀であろう、とかんぐられてしまう、ということはだ。

だが、それ以上に人々は、奇妙な思い込みといえばいいのか、ある確信があったのかもしれぬ。

それは——(ナリスさまは、決して……こんなところで、こんなに簡単に亡くなったりはしない……)という、信仰のようなものであった。

それもまた、味方であり、崇拝者であるナリス軍だけではなく、敵であるはずの国王がたにも根強くあった思い込みであったのだが——

(ナリスさまのようなかたが……ナリスさまほどのかたが——)

よかれあしかれ、そのあまりにも激烈な生きざま、あまりにも常人とかけはなれた、英雄のサーガにのみその生涯をうたわれてしかるべきようなその半生は、味方には深い憧憬と心酔をもって、敵にも驚嘆とやむを得ぬ讃嘆をもって、パロの人びとの心に深くきざみこまれている。

反逆の王子アルシス王家の嫡男として生まれ、本来ならば間違いなく王太子からパロ聖王たるべきところを、父の謀反のため、両親からもひきはなされてマルガで淋しく育ち——そして、十八の誕生日にあっと驚かせる華麗なデビューをとげて、パロ聖王家にアルド・ナリス王子ありとひろく中原に知らしめた。その派手で人目をひくデビュー以来、つねにその群をぬいた美しさも、その才気も、その知略も——さらにそのレイピアのたくみさもキタラの名手であることも、何から何まであまりにも天の神にめでられ、恵まれた存在として中原の伝説でありつづけた、アルド・ナリスである。

パロがモンゴールの奇襲のもとに屈した黒竜戦役のおりには、負傷し、とらえられ、拷問をうけて敵の女将軍アムネリスとの偽りの婚礼にひきこまれかけながらも、祭壇の前から知略をもって逃亡し、そしてアルカンドロス広場において、ついにパロにふたたびの独立と、征服をはねかえす勝利をまねく立役者となった。そして、年若い国王を補佐して摂政宰相となり、国王の姉リンダをめとり、非常な才腕を発揮しながら、それ自体が国王のねたみと不安をかって——とおおむねパロの人々は理解していたのだ——あの冤罪事件にまきこまれ、ランズベール塔での激烈な拷問の末に右足切断、終生歩けなくなるという驚愕すべき悲劇にあった。

それだけでも、神々の神殿にその生涯を刻まれるべき特別な英雄としては充分であっただろうに、あえてその、右足を失い、車椅子がなくては自由に移動もかなわず、残された足も両手も思うようには動かない、というからだで、なおかつ、パロ国王がキタイの陰謀にのっとられた傀儡である、という、あまりにもおどろくべき主張をひっさげて、その悲劇の英雄はさいごの謀反にたち、そしてすでにいくたのこぜりあいを戦いぬいてきたのだ。

もともとアルド・ナリスのあまりに目立ちすぎる存在や、あまりに華麗すぎる経歴に反感をもたざるを得なかった宮廷のものたちでも、その不自由なからだでなおかつ彼が謀反をたくらみ、反逆の大公としてたち――そしてついに唯一正統なるパロ聖王を呼号するにいたったことには、驚愕と、不本意にせよ驚嘆の目を見張らぬわけにはゆかなかった。

（人間とは、どこまで勇敢に、意志強固に、そして不撓不屈になれるものであるのか――）

さながら、アルド・ナリスのこのたびの反逆は、そのあまりにも奇想天外な主張の正否にはかかわらず、人間というもののその勇気と不屈との象徴のように、パロの人々の目にはうつったのだ。

そう――

それほどに、《アルド・ナリス》という――その、ひ、と、は、パロの国民にとっては、特別であり、ひとというよりも、神に等しい存在であったことは疑いもない。

その英傑――よし武運つたなくやぶれ去るとしても、それは、その途方もない激烈で超人的な一生にふさわしい、劇的ですさまじい、鬼面ひとをおどろかせる――あるいは鬼哭啾々のきわみとなるべきものでなくてはならぬ、と、すべての兵士たちが信じていたのだった。それこそそのひとの逝去、その一生がおわる、というような大事の前には、天も裂けていかづちをとどろかせ、大地も割れて泣き叫ぶひとびとをのみこむであろうほどの。

それが――

その英雄、超人的なサーガの主、おどろくべき不撓不屈の半神が、このような、世にもさびしいルーナの森はずれ、アレスの丘などで、たかが千人ばかりの国王軍に囲まれて逃げ場を失い、惨めに追い詰められた馬車のなかでひとりあわただしく服毒してその華麗な生を終わるなど――

それではあまりにもその華麗な生涯の終わりとしてふさわしからぬ、あまりにも似つかわしくない、あまりにもナリスには似合わなすぎる――

人々は、そのように感じたのであった。だが、それでも、一抹の疑惑は重たい石のようにのしかかり、（もしや、まことであったら……）その恐怖のなかで、人々の胸をふさいでしまったのである。

たった一抹であっても、あまりにも重大であるだけに、かれらの動きをとめ、恐怖と疑惑と不信とに凍りつかせてしまうには充分すぎるほどであった。誰もが本当にはその知らせを信じていなかったかもしれず、そして誰もが（もし、本当であったら――）その恐怖にうちひしがれてしまったかのように見えた。

兵士たちは、指図をあおぐように、力のぬけた手から刀や槍をおろし、隊長たちのほうをふりあおいだが、隊長たち自身も、どう対処し、どう判断したものかわからず、それよりも上の大隊長を探しにかけだそうとしているありさまであった。伝令もまわってこなかったし、それきり、あたりはおそろしいほどにしんと静寂につつまれてしまっていた。そうなると、深い闇がいっそう深くおちてくる。

まもなく夜明け前になろう。一晩のあいだ、がむしゃらに戦い続けていたのだ。まだあたりには負傷者や死者たちがるいるいと倒れ、低くうめいているものもいる。月も雲間に隠れ、星もそのかぼそいきらめきを消した。人々はおののきながら、朝の光がすべての真実を告げてくれるのだろうかと、暗がりにいたずらに不安な顔を見交わしている。

だが大隊長たちも、このような大事の前にどうしてよいかわかるものなどいはしなかった。何人か、本営の近くにいたものは、あわてて指揮官のもとに馬を走らせ、遠くにあってすぐに離脱できぬものはあわてて伝令を走らせた。だが、アレスの丘を攻撃している国王騎士団をひきいているのは、若いリティアス准将であった。まだ経験も年齢も不足な准将では、このような大事にどう対処していいか判断もつきかねた。准将としては、ただちにカレニア軍を包囲しているリーナス聖騎士伯のもとに報告を走らせ、その判断と命令をあおぐ、くらいの解決しか思いつかなかった。

ともあれ、両軍はまったく一時停止のかまえとなった。その報告がゆくと、アレスの丘の反対側の麓で戦っていた――というより、足元の悪さとずっと続く戦いに疲れきって一時戦いをとめて朝を待とうというかまえになっていた、ローリウス伯ひきいるカレニア軍主力と、それを取り囲んでいた聖騎士団にもまた、激しい動揺がひろがっていった。

いや、むしろ、伝令でそのようにして報告がもたらされた分、東麓のリティアス軍とナリス軍そのものよりも、動揺は激しかったかもしれぬ。実際に目の前でナリス軍と戦っているリティアス軍と違って、リーナス軍にも、カレニア軍にも、現実のようすを目で見るすべがない分、もたらされた伝令の情報は、疑うすべがなかったからだ。ことに、ナリスをカレニア王とあおぎ、ずっとナリスだけを唯一の聖王として最大の味方となって仕えてきた、カレニア軍の動揺はきわめて激しかった。きくなり、激しい嗚咽の声が兵士たちのあいだから洩れ、なかには悲鳴をあげて座り込んでしまうものさえいた。

「なんだと」

ローリウス・カレニア伯は激しく拳をうちあわせた。

「そんなことが——そんなことがあってたまるか。……我々がここで、ナリス陛下をお迎えし、無事にカレニアへお連れするためにいのちをかけて戦っているのだぞ——それを、我々を捨てて陛下がおひとりで、先に……先に逝かれるなどということを……あの義理がたい、部下思いの陛下がなさるものか。それは陰謀だ——何かの策略だ！」

「しかし、丘の反対側では、兵士たちが刀をすて、悲嘆にくれて座り込んでもはやたたかいは終結したていに見えるという伝令が参っております！」

副官のリアスが悲鳴のような声をふりしぼる。

「とても、策略とは……もしも策略であったとしたら、それは国王側ではなく、ナリス陛下側の……」

「そのくらいは……なさりかねぬおかただ。何しろ、パロでも随一の知謀の将として知られたおかただからな」

ローリウス伯爵はうめいた。

「だが、敵をあざむくには味方からと……もしそう思われたのだとしたら……我々には、それが真実ではないと知るすべはないし……だがまた、もし万一にも真実だとしたら――いや、だがそのようなことは信じるわけにはゆかぬ！　陛下はこんなところでおいのちを落とされてよいおかたではない――陛下の上に、パロの将来がかかっているのだ！」

「敵軍にも、知らせは届いたようです」

リアスがためらいがちに云った。

「国王軍にも何か激しい動きが見え、兵をまとめて動き出そうとするようすもみえるという報告が参っております。――あるいは、撤退するか、動き出してあちらの軍と合流するつもりでしょうか。……我々は、いかがしたらよろしくありましょうか」

「待ってくれ、リアス」

ローリウス伯爵は今年四十三歳、実直と剛直をもって知られるカレニア地方の旧家の出の、きっすいの武人である。

そのいかつい、日に焼けた顔に苦渋の色を浮かべて、しきりと額をぬぐった。

「これは、俺の手にはあまる判断だ。……それに、ナリス陛下がその……万一まことに……

御生害などということがあったとしても……おそばにはリギア伯もいれば、ヨナ先生もいる。また、ワリス侯も、クリスタル義勇軍をひきいるランもいるはずだ。そのかたたちが、なんとか、われらにどうしろという御連絡を下さるはずだ。それまでは迂闊に動くことはできぬ」

「が、国王軍が動き出したら……どう対処すればよろしいので……」

「聞くな」

ローリウス伯はまたしても激しく袖で額の汗をぬぐった。もう夜明け前の青い闇が丘の周辺に降りており、空気もいささか寒いくらいに冷えていたのだが。

「いや……いま、俺にどうしたらいいかきくな。ちょっとだけ考える時間をくれ……でないと、俺もどうしていいかわからなくなって錯乱してしまいそうだ」

「伯爵、あちらへ、伝令の魔道師を出してうかがいをたててみましょうか」

「ああ、そうせざるを得んだろうが、それにしても、本来はあちらから何か……まことにはどのようなことがおきたにせよ、味方であるわれわれには、どう対処せよ、どう動けという御命令がきそうなものだが……」

「あちらの軍は相当混乱の極に達しているようだ、という報告はございましたが……」

「俺だってだ」

伯爵は吠えた。

「俺だって混乱しているわい。もう何もいうな。ほんのちょっとのあいだでいい、俺を落着かせてくれ。信じられん——いや、信じるものか。信じたくない。そんなことがあってたまるか——ナリスさまが、アル・ジェニウスが……ご生害などという、そんな……そんなばかげたことが……」

「伯爵——」

「もし、本当に本当だとしたら、俺は……カレニア王からカレニア領をお預りするカレニア伯として……すぐにも、殉死せねばならぬところだ……」

ローリウス伯がそううめくようにいいかけたときだった。

ふいにまた、大地がとどろくような雄叫びとも、絶叫ともつかぬ津波のような喚声がわきおこった！

ローリウス伯は思わずよろめいた。激しい動揺を必死におしこらえて、部下たちの手前、内心の絶望と恐慌をなんとかおもてにあらわさぬようにしようとつとめていた瞬間ゆえ、そのすさまじい喚声は、さながら背中をいきなり強打されたような効果を伯爵にもたらしたのだ。リアスもはっと腰をぬかさんばかりに驚いた。

「な、なんだ……あの声は……」

「わ、わかりません」

リアス副官は蒼白になりながらあたりを見回した。

「どこ……どこからきこえてくるのかも、わかりません……いったい、どこに……どうして……何が……」

リアス副官のことばはしどろもどろの、まったく意味をなさぬものになった。

それも無理はなかった。——ほどもなく夜明けが訪れようとしている刻限とはいえ、夜明け前が一番暗いとはよくもいったもの、月も星も消えはてたアレスの丘はどっぷりと、深い夜明け前の暗闇にひたされている。あちこちにちらちらとともる夜営のかがり火だけがあたりを照し出しているが、それもこの広い草原のなかでは、ほんの一部分を明るくしているにすぎない。人々の大半は深い闇のなかにうずくまって、朝がくるのを待ちながら、どう変化したのかわからぬ情勢に不安をかかえているばかりなのだ。

だが、その暗がりのどこか一方から——いや、あるいは、四方八方だったのかもしれぬ。そのようにも聞こえた。

「聞こえる」

思わず、ローリウス伯爵は腰を浮かせた。

「なんだ、この叫びは……とどろきは……」

「とどろき……」

リアス副官はよろめいて、ローリウス伯爵にもたれかかった。あわててわびて身をたてなおす。

「確かに……とどろきだ……」

おびただしい騎馬の、大地をゆるがすひづめの音。

そして、野蛮な絶叫——すさまじい「ウラー！　ウラー！」の雄叫び……

「これは何だ」

ローリウス伯爵は飛上がった。

「伝令、伝令！　斥候部隊を呼べ！」

「かしこまりましたッ」

あわてて伝令が駆出してゆく。リアス副官は、伯爵にとびついた。

「これはいったい何がはじまったのです！」

「俺にきくなッ。だが……だが、これは……」

ローリウス伯爵はおもてをあげた。狂おしい希望とも絶望とも——まだ、どちらにころんだらいいかわからぬ激動が、ただでさえおどろくべき情報に激しくゆさぶられたカレニア伯のいかつい顔を、激しくくしゃくしゃにひきゆがませた。

「これは……これは、あらての軍勢だ……間違いない！」

「あらての……で、でも、あらての軍勢と申していったい……どこの……どう……」

「俺にきくなというのに！　俺だって魔道師どもみたいに夜目がきくわけじゃない。お前と同じものしか見えん」

そういいながらも、ローリウス伯は必死に馬の背に這い上がり、くらつぼにのびあがって、少しでも高くなって遠くを見ようと焦った。が、もとよりあたりは深い闇のなかに沈み込んでいる。

そのときだった。

「わあああ！　わあああ！」

すさまじい、おびただしい声の悲鳴とも怒号ともつかぬものが、ふたたびおこった——だが、さきほどとは違う方向からだった。

「報告！」

ころがるようにかけもどってきた伝令が、絶叫した。

「報告いたします！　あらての援軍が——あらての大軍が、イーラスの方向から、アレスの丘へせめのぼって参ります！」

「イーラスだと」

ローリウス伯は吠えた。イーラスはイーラ湖湖畔の小さな村落である。

「どこの軍勢だ！　援軍だといったな！　ナリス軍か！」

「わかりません！」

伝令は叫んだ。その顔は興奮に真っ赤に染っていた。

「しかし、どうやら、援軍は……援軍は、パロの軍勢ではございません！　かれらは見慣れぬ旗じるしをおしたて、見慣れぬ服装をしております！　どうやら、暗闇のなかなのでしかとはわかりませんが……これは、アルゴスの黒太子スカールさまの軍勢かと思われるのでありますが！」

2

「な、ん……」

ローリウスは吠えた。

こんどこそ、そのたくましい顔は真っ赤に染っていた。

「スカール軍だと！　アルゴスの黒太子スカールさまの軍勢だとォ！」

「はい！　どう見てもパロの軍勢ではございません……あげている喚声も、パロのものではないように思われます……いま、もう少し偵察のものが戻ってくれば……戻って参りました！」

「ご報告、ご報告！」

次の斥候が、悲鳴のような声をあげてローリウスのもとに駆込んできて膝をついた。

「援軍が到着いたしました！　リーナス伯ひきいる国王軍はすでにあらての軍勢をむかえうつため展開を開始いたしました！　援軍は――援軍は、サラミス公騎士団五千と、そして黒太子スカールどのひきいる草原の騎馬の民の精鋭のようでございます！　その数、推測ではおよそ二千！　すなわち、サラミス公騎士団とあわせると、あらての味方は、おそらく七千は下りますまいかと！」

「なんだとう！」

ローリウスとリアスは思わず顔を見合せた。リアスはへたへたと草の上にかがみこみそうになった。

形勢は逆転したのだ。

リーナス伯にひきいられた国王騎士団はカレニア騎士団二千のおよそ倍はあろうという人数でもってアレスの丘西麓をとりまいていた。それと、ナリス軍とカレニア軍のあいだをへだてにまわりこんだリティアス軍の精鋭とに包囲されて、アレスの丘の東麓と西麓とで、もはやナリス軍の命運はつきたかと思われたのだ。だが、あらての軍勢七千あまり――しかも、剽悍をもってならすアルゴスの黒太子スカールが参戦したというのだ。

「なんだと……本当か、信じていいんだろうな、それは……」

だが、ローリウス伯爵はいかにも質実剛健なカレニア人らしく、うさんくさそうに叫んだ。

「この暗さの中だぞ、何をいうにも。見間違ったり、あるいは万一にも敵のワナということはないのか」

「それはもう、ございますまい。少しづつ明るくなってもきておりますし……それに、スカール軍は各部隊の両側に松明を持った一隊をおしたて、あたりを照して戦場のようすを見ながらまっしぐらにイーラ湖のほうから駆込んでくるなり、有無を云わさぬ勢いで国王軍にせめかかりました。明らかに、スカール軍はすでにこの状態についてかなり明確な情報を持っていたようすです。——サラミス公騎士団は後詰にまわり、アルゴス軍をバックアップしているようすで、まだ参戦はしておりません」

「その必要もあるまい」

ローリウス伯爵は唸った。

「スカール軍といえば勇猛のなかの勇猛をもってならす騎馬の民だ。……ことに夜目もきき、機敏な動きを得意とするときく……しかもこのへんの丘は草原とけっこう地形だのが似ている。森のなかならともかく、このあたりでは……たぶん、騎馬の民相手では、総掛かりでかかってもパロの騎士団に勝ち目はなかろうよ。残念ながらな……いや、どちらがどう残念といっていいものかよくわからんが」

「なんということだ……」

リアスはまだ、おどろきと興奮がさめやらぬようだ。

「まだ、信じられません。こんなタイミングで、スカール軍が……サラミス騎士団も参戦のタイミングをはかっていたのでしょうか。これでなんとか、わがほうは苦境を切り抜け……」

「いや」

ローリウス伯爵はふいに、あまりに急激な展開に思わずも失念していた重大事を思い出して、蒼白になった。

「たとえわが軍が苦境を切り抜けたところで、ナリスさまが……ナリスさまが本当にもしものことがおありだったら何にもならぬ。——おい、ただちに伝令を出せ。もう、国王軍はあらての軍勢あいてに展開して、少し包囲は甘くなっているか、あるいはとかれているかするのだろう。ただちにナリスさま軍に伝令を出して、この援軍を報告すると同時に、ナリスさまのまことのご安否を問うてみろ」

「いや、陛下の軍は大勢の魔道師を情報部隊にそなえております」

リアスはようすがわからぬものかと、のびあがって丘の上のほうをすかし見ながらいった。

「ご安否をとうのはもちろんいたしますが、たぶんこちらの出来事は、あちら側にはちくいち、おこると同時にこちらより早く魔道師によってご報告がいっていることと思いますが……」

「ウーム」

ローリウス伯はうなった。そうする間にも、どうやらかれらを包囲していた国王軍と、あらての軍勢とのあいだに激しい戦いがくりひろげられはじめたらしく、しだいにゆるやかに明けてゆく丘陵地帯に、すさまじい戦いの物音や悲鳴、怒号、ウマのいななきなどがひろがってゆきつつあった。

「もしも万一にもあの報告がまことであったとしたら、そんなばかなことがあっていいものではない。……ようやくスカールさまの軍勢が勇躍ナリス陛下をお助けにかけつけてきたのに、ナリスさまがそ、その——早まって……そんなことがあっていいと思うか。……そんなことがあったら、ヤーンもヤヌスもこの世にあったものではないということになる。……そうだろう、リアス」

「そ、それはもう……しかし私ごときにはもうなんともこれは……おお」

リアスは、深い、長い悪夢から、いまにもさめようとしかけていて、だが夢がしつこく追いすがってきてなかなか目覚められずにいる人のように、深い吐息を胸の底から吐き出した。

「おお――夜があけてくるぞ……」

まさに――

うす紙をはぐように、少しづつ、少しづつ、丘陵地帯に朝が訪れようとしていた。

「なんと長い夜だったのだろう、なんて……」

思わず、リアスはうめくようにつぶやく。ローリウス伯爵はなかば茫然と天を仰いだ。

少しづつ明るさを増してゆく東の空――

あの恐しい眼球の月も、闇のなかから襲いかかってきた国王軍も、すべては夜の悪夢の産物だったとでもいうかのように、アレスの丘はゆるやかに明けてゆこうとしている。

その、まだ深い青のなかに沈み込んでいるが、もうちょっと前までの深い暗闇とはまったく様相を異にしはじめた明るさのなかに、もう、かれらははっきりと、激戦をくりひろげている新手の軍勢を遠目に見ることができた。ことに、ローリウスたちが本陣をおいていたのは、アレスの丘からなだらかに続いているいくつかの小さな丘のひとつの頂上の、ちょっと高くなっているあたりだったので、いっそうはっきりと情勢を見下ろすことができた。

もう、間違いようはない。――国王軍はもはや疲れはてたカレニア軍になどかまっておれるか、といったようすで、もうカレニア軍には背をむけ、総力をあげてあらての軍勢を迎えうとうと兵を展開している。そのあいだに、奇声をあげておそいかかってくる、黒づくめの、まるでボロのかたまりのように異形にみえる、見慣れぬすがたかたちをした騎士たちは、もうどうまぎれようもない、はるか草原のアルゴスの騎馬民族たちだ。

きわだって剽悍なことで知られる騎馬の民たちは、長い槍の穂先の根かたに色とりどりの旗をむすびつけ、蛮声をあげながら、半月形の巨大な刀をふりかざして、軽々と馬を御していた。馬たちもまた、おそらくパロの、舗装された石畳を歩くのに馴れて草の上ではすぐ足をとられる軟弱な馬たちと違って、こうした草原や丘陵を存分にかけまわるのにもっとも適した連中なのに違いない。騎馬一体となって奇声をあげながらかかってきては、戦法も陣形もあったものではなく、さあっと暴れほうだいに暴れてまたさあっとうしろにひいてあらてといれかわり、あらてが暴れこんできてひとしきり血しぶきをあげたかと見るとまたさっとひいていれかわる。

いまやどんどん明けてゆこうとしている丘の本営で、思わず茫然とその戦いぶりにみとれていたローリウス伯爵は、突然、くらつぼを叩いて飛上がった。

「えい、何をしている」

すさまじい声で彼は怒鳴った。

「ナリスさまの安否をお確かめするのはあとだ。いまは、ナリスさまはご無事と信じて、そのおんために戦うだけだ。何をしている。たとえどれほどアルゴスの騎馬民族が勇敢、剽悍といわれようと、われらとてもカレニア騎士、パロ一番の勇猛、精悍をもって知られた戦士の一族だぞ！　何をしている、カレニアの勇者たち！　戦え、ナリス陛下をお守りするために戦うんだ。展開するぞ。武器をとれ。第一大隊から第三大隊、第三陣形、用意！　第四大隊から第六大隊は後詰にかわれ！　戦え、戦うんだ、カレニアの勇者たちよ！」

たちまち——伝令たちはよみがえったように動き出した。

いや、追い詰められ、なすすべなく、玉砕を覚悟で夜明けを待っていたカレニア軍全体が、援軍があらわれたことを知り、そして、その援軍のたのもしい戦いぶりを目のあたりにしたのだ。たちまち、かれらは、夜どおしの対峙の疲れもみせずに馬にとびのり、隊列をととのえ、勇気百倍して動き出した。もう、あたりはかすかに夜の名残をとどめるばかりの、しらじらと明けそめた朝となり、丘の頂上からは、はるかに森のなかをのびてゆく赤い街道や、その彼方のジェニュアまでも、朝霧にけむっているのを見ることができた。

またしても、長い血塗られた一日がはじまろうとしているのだった。だが、それがもたらすのは、昨日とは違って、もはや絶望ではなく、希望そのものであるかに見えたのだが——

＊

「ナリスさまっ！」

御座馬車の扉をあけてそのなかに飛込んできたのはリギアだった。その目がつりあがり、その顔は蒼白になっていた。やっとのことで、リティアス軍の攻撃が小休止したすきをぬって前線を部下にまかせ、ここまでかけもどってきたのだ。

「ナリスさまっ！　いったい、さきほどの伝令は――っ！」

リギアははっとしたように、馬車の扉をあけたまま立ちすくんだ。

広くもない馬車のなかに、ひっそりと異様な沈黙がたちこめている。そして、片側のゆったりとした座席の上に、何枚かのマントをしいた上に細長いかたちをしたなにかが横たえられていて、そして、その上はすっぽりと、上から下まで黒い布でおおわれていた。

リギアはやにわに手をのばしてその布をはぎとろうとしたが、床の上にじかにうずくまって祈るように両手を組合わせていたヨナが思いもかけぬ素速さで手をのばして、その手をおさえた。

「いけません」

きびしくヨナが云った。リギアはヨナをにらみつけた。

「これはどういうこと。ナリスさまについてはすべてあなたにおまかせしてあったはずよ。私は信じない。ナリスさまがそんなに簡単にご生害などなさるわけがない。ナリスさまはそんなかたじゃない。――さあ、私に確かめさせて。でないと私は信じさせようとしたって絶対に信じないことよ」

「リギアさま」

ヨナは蒼白な顔でリギアを見つめ、きつい口調でいった。カイはひっそりとやはり床の上にうずくまったまま、両腕のなかにすっぽりと顔を隠してしまっている。

「リギアさま、これがナリスさまのお志だったのです。――ナリスさまはかねてより、ご自分の身柄がキタイの竜王に狙われていることをご承知でした。もし万一、その身が竜王の手のなかに落ちそうになったら、おのれのいのちを断ってでも、ナリスさまだけが持っておいでの重大な機密、パロの古代機械の機密が竜王の手におちることをふせぐというご覚悟でおいでだったのです」

「まだ……まだ負けたわけじゃないわ」

リギアは錯乱しながら口走った。しだいに、つのってくる不安とこみあげてくる恐怖に、心臓が激しく打ち始めるのを感じながら、リギアはなおも目のまえの出来事を信じる心持にはなれないでいた。

「まだ私たちの負けと決まったわけでもなければ、追い詰められてもう逃げ場がないわけでもない。どうして？　どうしてそんな早まったことを……これは、これは策略なんでしょう？　ナリスさまは死んでなどおいでにならないんでしょう？　これは敵をあざむくための……ナリスさまのよくなされるような、ワナなんでしょう？　そうでしょう？　だったら何も――何も私まであざむく必要なんかないでしょう？」

「………」

ヨナは黙ってリギアを見つめた。それから、ゆっくりと、手をのばして、黒い布に手をかけた。リギアがはっと身をすくませた。

「ごらんになりたければ、ごらんになるといいでしょう」

ヨナはかたい口調でいった。

「ナリスさまのさいごのご覚悟のほどを。——死者の安息を乱されるお気持がおありならば。その目でごらんにならなくては、信じられないとおおせなのでしたら」

「信じないわ」

リギアはつのりくる恐怖をふりはらうように云った。

「絶対に信じないわ。——さあ、見せて。私に、ナリスさまを見せて」

「カイ」

ヨナは低くいった。だがカイは動かなかった。それをみると、ヨナはつと座席のかたわらににじり寄り、手をのばして、黒い布をそっと上のほうから少しめくりかえした。

リギアははっと息をつめた。

青白い、美しい顔——どう間違いようもない、蒼ざめた、見慣れたクリスタル大公——いや、パロ聖王を名乗る彼女の乳兄弟の、ほっそりとあごのとがった、完璧な輪郭とまれにみるほど美しい道具立てをそろえたちいさな顔があらわれた。黒い長い髪の毛が、かすかにその頬に乱れかかり、そのまぶたは青みがかってとざされ、長いまつげがやせたほほに影を落としている。ナリスは、やすらかに眠っているように見えた。

リギアはくいいるようにそれを見つめた。それから、やにわに手をのばして、そのほほに指をふれた。

「冷たい」

はっとしたように、とたんにその手をひいて、リギアは身をすくませた。

「氷のよう。——ナリスさま……ナリス……」

リギアは、また、まるで自分の手がふれたものが信じられぬ、というように、もう一度手をさしのべた。

こんどはおそるおそる、慎重に——ふれるのが恐しいかのようにそっと指さきを、青白いなめらかなほほにふれる。それから、ほのかにバラ色をおびたくちびるの上に指をかざし、呼吸をたしかめるようにくりかえしそっとふれてみた。

「まるで……眠っておられるようだわ」

低い、つぶれた声でリギアはささやいた。

「眠っておられる……んでしょう？　そうよね？　そうでしょう？　そんな……そんなこと、あるわけがない。——ナリスさまが……ナリスさまがこんな……そんなことがあるわけがない……そうよ……あのときだって結局偽りだった……あのときだって、婚礼の祭壇の前で刺されたときだって……死んだのは替え玉だった……このかたは、かよわく見えるけれど、それはしぶといかただわ……何度も死のあぎとから……不死鳥のようによみがえってこられたかたよ……そんな、こんなに簡単に……たかがこのくらいの窮地で……そんなことが、あるわけはない……あるわけは……」

「大声をお出しにならないで下さい、リギアさま」

びくりとして、ヨナがするどくいった。

「外にきこえます。——いや、もう、パロ聖王ともあろうおかたのなきがらを、このようなところにこんなふうに寝かせておくわけにはゆきません。休戦を申し出て、ご遺骸を運び出すだんどりをしなくてはと、いま思っていたところです」

「やめて！」

リギアの声は悲鳴のようだった。はっとカイが顔をあげ、またそのおもてをふせた。

「ご遺骸なんていわないで！　まるで、それじゃ、ナリスさまが……ナリスさまが、まるで……」

「パロ聖王、アルド・ナリス陛下はおかくれになりました」

ヨナはつめたい声でいった。

「その事実はゆるがすことができません。——いま、魔道師たちが、国王軍に休戦を申入れると同時に、陛下のなきがらをおおさめする棺を用意しようとしているところです。リギアさま、いいかげんに事実を受入れてください。私は、ナリスさまが、ご自分の手で、かねてご覚悟のほどとして用意しておられた毒の入った指輪を口にもっていって、服毒されるのを見ました。その最後のご遺言として、ヨナにこれまでいろいろといってきたとおりにはからってくれるように、というおことばもうけたまわっております。ここで、リギアさまがどのように騒ぎたてられたところで、何もかわりません」

「何ですって……」

リギアは瞬間、かっとなったものか、それともくずれおちたものか、とまどうようにヨナをにらみすえた。

それから、力なく、馬車の床にすわりこんだ。

「私は信じないわ」

彼女は力のぬけた声でくりかえした。

「これは……何かのワナだわ。それとも……間違いだわ。……だって何もかも――何もかも途中だったじゃないの……何もかもよ……このかたはあれほどの目にあいながら、あれだけの決意をなさって……そしてこのたびの謀反をなさったんだわ。だのに……このかたは、途中でやめるような人じゃないのよ――私は知っているわ。私は――兄弟として育ったのですもの。本当のきょうだいとして……ずっと、幼いころから一緒だったわ……このかたがどんなに不幸でもどれほど勇敢だったか、うちつづくどんな試練にもどれほど果敢に、信じがたいほどの意志の力と気力でもって耐えて、何度でもたちあがってこられたか……ずっと、誰よりも見ているわ。誰よりも……」

「そんなことはわかっています」

ヨナはいくぶん苛々したようにつっけんどんにさえぎった。

「そのようなことは、いまさらリギアさまがおっしゃるまでもありません。――その意志の力あればこそ、陛下は、おんみずからのいのちを断たれるときもご自分で選ばれたのです。――ご自分を信じてついてきてくれたものたちにはすまぬ、とおっしゃっておいででした。――だが、確実になったのは、キタイの竜王の目当てはこのパロではなく、アルド・ナリス当人とその持っている秘密だ、ということだ。そうであるからには、自分さえいなくなれば、カレニア軍も助かり、パロもまた少なくともこれ以上の戦火にさらされることからは救われるのだ。そのように考え、民のために、愛するパロの国民たちのために自分は決断した。ナリスさまはそうおっしゃいました」

「そんな……」

リギアはいきなり、両手をあげて、耳をふさいだ。

「そんなこと……信じない。ききたくない。——きかないわ。ナリスさまは……ナリスさまは死んでなど……まだ、そうよ——まだ、リンダさまともういっぺんめぐりあってもいない……最愛の妻を敵の手のなかにおきざりにして、自分ひとり楽になってしまうような、そんなひとではない——そんなひとではないわ、私の乳きょうだいであるアルド・ナリス王子は……」

「陛下がおさないころ、何でおありであったにせよ、これは現在の陛下の決断の結果なのです」

手厳しくヨナはいった。そしてゆっくりと身をおこして、黒い布をまた、ナリスの上に頭の上まで隠すようにかけた。

「誰だ」

するどくいう。馬車の扉がひかえめに叩かれたのだ。

「タウロでございます。国王軍司令官、リティアス准将より、伝令が参っております。アルド・ナリス聖王陛下のご自害との報告をきき、もしそれがまことならば、もはやたたかいは終結、この上のたたかいは無意味ゆえただちに兵をひき、これほどご身分たかい王族のご逝去にさいしてしかるべき敬意を表するために、ご遺骸にご対面をお許しいただきたい、と申し越しておられます」

「リティアス准将が？」

ヨナは青白い唇にかすかな微笑をうかばせた。

「いいだろう。そちらが兵をひくなら、こちらも、陛下のご遺志で兵をおさめるよう、おことばをのこされている。この上たたかいをつづける気はない。いつなりと、ご対面にくることを許可すると返事をしてくれ」

「かしこまりました」

気配が消え失せた。ヨナはリギアを冷たく見た。

「さあ、ここでこうしておられてもはじまりません。――ラーナ大公妃殿下のところにもお知らせしなくてはなりませんし、いまおききになったとおり、もし休戦でむこうの将軍がこの真偽をたしかめにやってくるというのなら、かりそめにも聖王を名乗られたほどのおかたのご遺骸をこのままこうして馬車のなかに、マントにくるんでおくわけにはゆきません。まるでゆきだおれた死体のようにですね。――これから、ともかく陛下を安置する場所を作って、将軍のおいでにそなえなくてはなりません。ご自分の隊に戻られるか、それともちゃんと武将としての気概を取り戻して、私どもとともに動いて下さるか、決めて下さい」

「あなたには……あなたには、人間の心はないの、ヨナ」

リギアは叫ぶようにいった。だがその声はかすれてそれほど大きくはならなかった。それほどうちのめされていたのだ。

「あれほど可愛がっていただきながら——そうよ、いっときはヴァレリウスをさえしのぐほどにおそばに親しく可愛がっていただきながら……ナリスさまのそのおすがたを見て、あなたの心は動かないというの？　そんな——そんなひとだとは思わなかったわ」

「そんな感傷が何の役にたつというんです。リギア聖騎士伯」

ヨナはけわしくいった。その痩せた青白い額にめったには人前では見せぬ癇の筋がたっていた。

「そのように心をゆさぶられて泣いたりわめいたりしていれば、どうにかなるとでもおっしゃるのですか。これはいくさなのですよ——そして、陛下は、おのれの死をもって、さいごの勝利をかちとられたのです。さあ、どいて下さい、リギア聖騎士伯。私たちはこれから準備をしなくてはならないのです」

3

「なんて……なんてこと……」

リギアはうちのめされ、うちひしがれてつぶやいた。もう、それ以上には、ことばを忘れてしまった、とでもいうかのようだった。

「さあ、カイ。手伝ってくれ。祭壇の支度をしなくては。それにラーナ大公妃さまにも、喪服をご用意しなくてはなるまい。まさか、いかな大公妃さまといえども、それまではおもちになっているまいしな」

ヨナはもう、リギアにはかまっておられぬ、というふうに、ひややかに言い捨てて立上がった。リギアは力なくくずおれたまま、悪態をついた。

「見損なったわ」

リギアの唇から、呪詛ともとれる低いうめきがもれた。

「そんな冷血漢だと、これまで気づきもせずに頼りにしていた自分がうらめしいわ。――所詮、あなただってはるかなヴァラキアからやってきたよそものにすぎないんだわ。……パロの人間の感情がわかるものですか。このひとは……このひとはパロのすべての人間にとって、本当に特別な人だったのよ。何から何まで特別な……たったひとりの、もう二度と生まれてくることのないであろう。——不幸なひとだったわ。あまりにも恵まれ、そしてあまりにも不幸な運命に翻弄され、そしてあまりにも神々に愛されたゆえに、つねにその不幸でさえも特別な……そんな選ばれたひとだったのだわ。あなたにわかるものですか……他の誰にもわかりはしない。パロの人びとにだって……こんなひとがいたということを信じることなんか、知らない人間には決してできやしない……あまりにも、特別なひとだったわ。あまりにほかの人間とかけはなれていたからこそ、ほかの人間をも、しもじもの気持をも理解なされないところはあったかもしれないけれど——それはあまりにも神のほうに近かったからこそ……そうよ……同じ乳母の乳を吸って育った私にだって、決してその本当の特別さは理解できないほど、特別なかただったのだわ……もう、二度と生まれてくることはないような——特別な、特別な……」

リギアのくりごとを、もうヨナはきいてもいなかった。馬車の扉をあけ、その前に待っていた魔道師部隊のものたちにあれやこれやと口早に指図しながら、目はたえずあたりのようすをぬけめなく見回している。確かにそのようすをみれば、パロの人間でないヨナにとっては、おのれに特に親切にしてくれたあるじをも、それほどにいたむ理由はないのかとさえも見えたかもしれぬ。また、ヨナ自身が、日頃からまったく通常の人間のようには感情の動かぬこと、つねに理性と冷徹のくびきのもとにおのれを律していることをもって最大の誇りとしているような人間であってみれば、なおのことであったが、それだけにいかにもそのようすは非情に、また冷酷にさえ見えたのはいたしかたのないことだった。カイが魂がぬけたようにぼうっとして、何も口をきかず、ぼんやりと命令にただ機械的にしたがっているほうがずっと理解しやすかった。――なんといっても、カイはわずか八歳のときからナリスの寵愛の小姓として、そのかたわらをかたときもはなれずに世話してきたのである。

アレスの丘の東麓ではあわただしい動きが見られた。休戦の申入れが成立し、リティアス准将は兵をひいた。そして、ヨナはただちに馬車からおりてそこに臨時の祭壇をもうけるよう魔道師部隊に命じ、そこにナリスの遺骸を安置する手筈をいそいだ。丘をこえたむこうで何がおこっているか、もとよりここからでは見るすべもない。が、それはもう、これほどの大事の前には、両軍ともにどうでもよくなってしまったかのようだった。伝令がかけこんできたのはそこへであった。

「なに？　スカールさまの軍勢が――？」

きくなり、ヨナの顔色がかわった――これ以上青くなれぬほどに蒼白だったヨナの顔がさらにその上に蒼白になったが、ヨナは表情をかえなかった。

「はい、すでに、丘の中腹では激烈な白兵戦がおこなわれており、スカール軍及びサラミス公軍が形勢を一気に逆転してリーナス軍をせめたて――そして、それに勇気をえたカレニア軍がいきおいをもりかえし――いまや、リーナス軍はアレスの丘の頂上へと追い詰められております。まもなく、総崩れになれば間違いなくこちらにむかって退却してリティアス軍との合流、ないしリティアス軍の援助を要求して参りましょうかと。――もう、おそらく、むこうへはその旨の伝令はいっているはずと思われます」

「なるほど」

だが、その報告をききおわると、ヨナはまた、奇妙なその超然とした態度と平静さを取り戻した。

「だが、リティアス准将がどうそれに対処するかはわからないな。ともかくそれまでにこちらはするべきことをするだけだ。祭壇の準備を続けろ。ともかく、聖王陛下とかりそめにも呼ばれたおかたを馬車のなかにいつまでもああしてお寝かせしておくわけにはゆかん」

「かしこまりました」

ヨナの酷薄とさえ思えることばにも、もう他の小姓や騎士たちは、馴れっこになりかけていた。ナリスの死――という、その知らせが、あまりにも衝撃が大きすぎて、もう誰にも、余分な情緒はその上に入ってくる余地がなかったのかもしれぬ。

ヨナのてきぱきとした命令のもとに、かれらはせっせと機械的に立ち働いて、天幕を近所の家から調達してきて丘のふもとに天幕をたて、そのなかに、間に合わせの祭壇めいたものをでっちあげた。そこに何枚もの布をかけ、その上にこれも近所の家から調達してきた寝台をこれも布でくるんでおいて、それからヨナの指図で、おそるおそる黒い布に包まれたものをその寝台によこたえた。ヨナはその上にさらに錦織の布をかけさせ、ろうそくをたくさんまわりにともさせて、なんとか祭壇らしく見えるようにすると、黒い布をそっと上だけとりさって、ナリスの青白い顔があらわれるようにした。ヨナのようすにわずかな変化がみえるとすると、そのナリスのなきがらを扱うときだけであった。それをその寝台によこたえさせるときには、小姓たちにいやというほどがみがみと、「慎重に、気をつけろ」と叱りとばしたし、その布をそっとはいで顔をあらわしてやるときの手つきには、カイでもヴァレリウスでもこれほど注意深くはできないだろうというほどの、優しい注意深い繊細さがこもっていた。

ナリスは顔だけを出してあとはすっぽりと黒い布と、その上の錦の布につつまれた格好になって、ひっそりとそこに横たわっていた。まわりにたくさんつけられたろうそくのあかりがゆらめき、青白い、人形のようなナリスの顔にあやしくゆらめく影をおとしている。そのようなすがたになっても、ナリスはなお美しかった。とざしたまぶたは青みがかっておちくぼみ、高い細い鼻梁がくっきりと影をおとし、やせたほほはなめらかで陶器のようだった。そうやって、髪も、首から下もおおいつくされていると、ナリスは、それこそ世にもふしぎな、美しい《死》という題名をつけられた石像か、それとも何千年も前に肉体的には死んでそのまま氷のなかに保存されているという、あの氷雪の女王ででもあるかのようにみえた。

ヨナはそれを、奇妙に満足そうな目つきで見やった——まるで、人形作りが、おのれの作り上げた芸術品の成果にうっとりとあかず眺めやるかのような目つきだった。

「恐しい毒薬も、外見には何の影響も与えておられぬようだ」

ヨナはそこにいるだれかにきかせようとするかのように声にだしてつぶやいた。

「生前と同様、完璧にお美しい。——死化粧も必要あるまい。雪花石膏のように白い肌をしておられる」
「ヨナ……」
よろよろと入ってきたのはリギアだった。
わずかのあいだに、すべての悲嘆を味わいつくしたとでもいうかのように、さきほどより
はいくぶん落着いて、おのれをとりもどしていたけれども、その分、リギアの顔は一瞬にし
てやつれ、泣き濡れて、これはまたさながら《悲嘆》という名の像ででもあるかのようにい
たましかった。彼女は、女ながら聖騎士伯の名をいただく誇りも、気概も、何もかもが、す
べてを捧げて仕えてきたいとしいあるじの死の前にくずれ去ってしまったかのように、妙に
弱々しく、そして女っぽく見えた。
「ナリスさまに……私の弟に……さいごのお別れをさせて……まだ、ナリスさまをどこかに
連れていってしまいはしないんでしょう？……私にもうちょっとだけ……ナリスさまにお別
れをいわせて……」
「よろしいですよ」
ヨナは冷静にいった。
「もう、少しは落着かれましたか？　どうぞ、気のすむまでお別れをなさって下さい。ただ
し、ナリスさまにはなるべく手をおふれにならないように。ナリスさまのお用いになった毒
はきわめて猛烈なもので……おすがたには何の影響もありませんが、そのくちびる、いや、
そのお肌にふれられただけでも、もしかしたら、ふれた人にも害をおよぼすかもしれぬもの

だといわれましたからね。それで黒い布で気をつけてくるんであったのですよ」

「それは……それは、私に、ナリスさまにくちづけて、そのおあとを追って死ねとそそのかしているようにしかきこえないわ、ヨナ」

リギアはうつろな笑いをうかべた。

「でも大丈夫……私は死にはしない。私には……私にはまだすることがあるの。……そうよ……大丈夫よ。心配しないで……さっきは取り乱して、ごめんなさい、ヨナ。さぞかし、一軍の武将でありながらなんと頼みにならぬやつ、ふがいないやつ、やはり女とさげすんだのでしょうね。……もう、大丈夫よ。もう落着いたわ。……あまりに突然で……心がまえができなかっただけよ……」

「それはもちろん、そうだと思います。私は……私は、ナリスさまのご覚悟を決められたときから、その毒を唇に含まれる瞬間まで、すべてお見届けいたしましたから」

ヨナは同情的にいった。

「そうでなければ、私こそ錯乱しているかもしれません。さあ、どうぞ、お別れをなさって下さい。ご存分に。……ナリスさまの乳きょうだいとして、一緒に育ってこられたリギアさまです。新参者の私などとはくらべものにならぬ情がおありでしょう。……なんでしたら、外に出ておりましょうか」

「いいえ……いいえ、かまわないわ」

リギアは、よわよわしく云った。そして、自分ののどを息が苦しいかのようにしっかりと右手でつかみながら、祭壇の前によろめき寄った。その目は、いまや、かたときもはなすのがいやだとでもいうように、しっかりと、ナリスの蒼ざめた、黒い布のなかからあらわれた美しい妖精じみた顔にむけられていた。

「こんなときでも、なんて綺麗なんだろう、このかたは……」

リギアはつぶやいた。そして、祭壇の前に、ヨナがもうけさせておいた、拝礼のための小机の前に、くずれるようにうずくまった。

「本当なのね。……本当に、いってしまわれたのね。……いつか、こうなるとは思っていたわ。いつかこんなときがくると思ってはいたけれど、こんなに——こんなに早いなんて。……ずっと、そうよ、ずっと思っていたのよ——このかたは、長くは生きられない……こんなかたは、決して普通の人のように長くは生きることはない——私は何度も、いろいろな人にそういったのに——だのに、そういいながら、私自身がちっともそのことを信じていなかったんだわ。きっと……いま、はじめてそのことがわかったわ。それに……それに、どんなに私が——自分が、このかたのことを……ただひとりの弟として、血をわけた肉親のように思っていたかも。……おそれおおい云いぐさだということは承知だわ……でも、ヨナ、きいて……私にとっては、可愛い弟だったわ。いつもたったひとりの可愛い弟だと思っていたわ……」

「そうでしょうね」

ヨナは同情的にいった。その目はだが、何か動きを感じるたびに、何回もすばやく天幕の入口のほうにむけられていた。

「私にも、決して本当の顔を見せようとはなさらなかった。それほど、本当の心も顔も思いもおしつつんで、さいごのさいごまで誰にも気を許さないかただったわ――こうして寝ておられるとなんてやすらかそうに見えるのだろう。もしかして、このひとは、ようやくこうやって、永遠の安息をかちとったのだろうか？――このひとの望んでいたのは、これだったの？　あまりに辛く長い生にあれほど勇敢に耐えてはいたものの、本当は、一刻も早くこうなって、永遠のやすらぎのなかに包み込まれたいと――あなたはそう望んでいらしたの？」

リギアは、小机をよけるようにして、祭壇の足元に這い寄った。ヨナははっとしたようにそのようすを注視したが、リギアはただ、祭壇のすそのほうにすがりついただけで、ひそかに、声も立てずに涙を流していた。

「こんなさびしい丘のふもとで……こんな粗末な寝台に寝かされて、かりそめの、急ごしらえの祭壇に花のひとつさえ――おすきだったルノリアの一輪さえないままで」

リギアは肺腑をえぐられるようにすすり泣いた。

「あれほど、華麗な……華麗、ということばをそのままかたちにしたような前半生を送られてきたかただったのに。――そのゆきつくところがこんな淋しい、世にもさびしい丘のふもとだなんて。……そうと知っていれば、あの謀反計画をもっと強くおとめするのだった……謀反人などというものは、もっと……もっとずっとしたたかに、しぶとく……何があろうと、さいごのさいごまで、いのちなどなげうたないものよ……そうじゃなくて、ヨナ？　諦めるのが、早すぎるわ……やっぱり、あなたは、王家の、ひよわな繊細な王子さまにすぎなかったのよ……まるでお姫様のように優しくて繊細で……ひとの犠牲にたえられない……そんな人は、謀反なんかしてはいけなかったんだわ――そうじゃなくて……そうじゃなくて？」

「……………」

リギアのつきせぬくりごとに、ヨナはさほど心を動かされているとも思えなかった。むしろその青白い、きびしい――日に日にきびしさを増してきたかに思われる端正な顔は、リギアのことばを、（そんな下らぬ感傷が何の役にたつというのですか）とただちに打ち消したそうにひきしまっていた。そのとき、天幕の入口があかなかったら、あるいは本当にそう口にだしていたかもしれぬ。

「何だ、タウロ」

ヨナはするどくとがめた。魔道師はそっと入ってきて、すばやい目を祭壇の上に流し、そして膝をついた。

「リティアス准将閣下が、ナリス陛下のご遺骸にご対面をと、参っておられます」

「よかろう。お通しするがいい」

ヨナは云った。ゆらゆらと天幕の入口から、魔道師たち数人――それはロルカやディランや、ナリスの信任あつかった上級魔道師たちとその腹心ばかりであったが――が入ってきて、ナリスのなきがらを守護するように、その両側に黒い不吉なすがたをならべて立った。

タウロがふたたび天幕の入口の垂れ幕をかかげた。そのあとにつづいて入ってきたのは、まだ三十歳にもならぬ、若々しいいかにもパロの武人らしいととのった顔に、緊張の色をうかべたリティアス准将であった。騎士長の長いふさをつけたかぶとを左胸にかかえ、長いマントをさばいて入ってきて、その祭壇のようすが目に入ると、はっとしたようにおもてをこわばらせる。

「パロ国王騎士団副団長補佐、ロードランド子爵リティアス准将であります」

准将は、礼儀正しく剣をぬいて右手にさげ、その場の誰を最高責任者とみなして、それにむかって正式の礼をすればよいのかわからぬとまどいを隠すかのように、漠然と挨拶した。

「ナリス殿下の伝令より、ナリス殿下急逝されるとの通知をうけたまわり、きわめて重大なことでございますので、失礼ながら真偽の確認と、及びもしまことであれば反逆者と申せパロ聖王家最高位の王族たる殿下のご逝去にさいしてしかるべく敬意を表さぬわけにはゆかずとの判断により、このようにまかりこしました。——まずは、失礼いたします」

リティアス准将は剣をうしろにしたがっていた小姓にわたし、祭壇の前へすすみでた。ナリスの小姓がそっと、祭壇の足元にくずおれていたリギアをかかえて助けおこし、ロルカたちのうしろにさがらせた。リティアス准将はいかにも若々しい顔に、おさえきれぬ興味を見せて祭壇の前に進んだ。

そのようすを、ヨナも、ナリス軍の参謀部隊でもある上級魔道師たちもじっと見つめていた。そもそも、まだ国王騎士団の副団長にさえなっていない、弱冠二十数歳の若い武将を、かんじんのナリス当人のひきいる部隊の追討の指揮官にあてる、ということそのものがうさんくさかったが、リティアス准将は、クリスタル大公位を剥奪され、第二王位継承権をもとりあげられた反逆者であるナリスをよぶのに、「ナリス殿下」という名をもちいた。それは、ヨナにも、ロルカたちにとっても、きわめて興味深い事実であった。つまりは、その尊称は――むろん、国王軍の指揮官が、反逆者であり、パロ聖王を、レムス側からみれば僭称しているナリスを「聖王陛下」と呼ぶわけにゆかぬのは当然すぎるほど当然のことであった――国王側もなおナリスを、すべての権利は剥奪したものの、聖王家の王族としての待遇まではうばいとるつもりがない、という意志のあらわれであると同時に、おそらくはこの若い国王騎士団の武将のごく自然な敬意のあらわれともみなすことができたからである。

リティアス准将は、パロの貴族の作法にしたがって、祭壇の前の小机のまえにひざまづき、拝礼した。そして、二本のロウソクに灯をともし、小机の上のロウソクたてにたてると、ヤヌスの印、ヤーンの印、そして死者をつかさどるドールの印を切り、ひくくこうべを垂れてルーンの聖句をとなえた。

「……いまはすべての苦難を去り、心やすく黄昏の道をたどり……ドールのみもとにとわにやすらぎたまえかし」

低くルーンの死者送りの聖句をとなえおわると、リティアス准将は目をあげて、するどく、もしもこれが偽りの演技であったのなら必ず見抜かずにはおかないぞ、といいたそうな目で、じっと祭壇の上によこたえられている貴い死者を見つめた。

「眠っておられるようだ」

リティアス准将はゆっくりといった。

「私は若輩につき、私が参内を許されたころには、もはや、ナリスさまはマルガにひきこもっておられることが多くなっておいでになりました。……それゆえ、クリスタル・パレスではそれほどお目にかかっておりませぬので……ご生前のナリスさまのおもかげをそれほどよくくらべてみることはできません。が……確かに、ご逝去なさったようだ。まことにご無礼ながら、ちょっとだけ、あらためさせていただきます。これは、国王陛下へのご報告の義務ゆえ、お許し願います」

准将は、つかつかと祭壇に近づいた。いくぶんためらいがちに手をのばし、そっとナリスの冷たい青白いほほにふれ、とざした唇の前に手をかざして呼吸をたしかめた。

「確かに……」

准将はゆっくりといった。

「さまざまなる事情により、ついに無念にも反逆の徒となられたとは申せ、パロのためには多くの功績ありし、たぐいまれなる英雄のご逝去を心よりおいたみ申上げます。――それでは、本官はこれより、クリスタルに戻り、聖王宮にこのよしご報告させていただきます。――殿下なきあと、指揮官として貴軍を統率されておられるかたは？」

「私です」

落着いて、ヨナが進み出た。リティアス准将は、うら若いおのれよりもさらに若い――といっても見かけだけでは、とてもそうは見えなかっただろうが――ほっそりといかにも武人とはほどとおいヨナのすがたに、いくぶんけげんそうな顔はしたが、それ以上せんさくするようすもなしに、かるく一礼してことばを続けた。

「さきほど、殿下のご逝去というおおいなる大事件により、当面臨時の休戦を、というお申入れを頂戴いたしましたが、もとよりわれら国王軍はナリス殿下のご謀反により、レムス聖王陛下のご命令によって出動したにすぎません。忠誠なる一パロ国民として、私自身も、栄光あふれるクリスタル大公殿下にはずっと深甚なる敬意と憧憬を抱いておりました。……このようなかたちで、ご命令によりとはいえ、その大公殿下と剣をまじえる立場になったことを、ずっと心苦しくも存じておりました。——国王陛下よりまだ正式に休戦のご許可は頂戴しておりませんが、当面の目的たる、殿下のご謀反鎮圧というご命令は、ナリス殿下のご逝去をもっていったんはたされたとみなしてよろしいかと、愚考いたしております。いったん兵をひき、あらためて国王陛下のお指図により、殿下のご遺骸をどのように処遇すべきか、うけたまわってひきかえしたいと存じます。——それまで、指揮官どのには、こちらにご待機願えましょうか？」

「はい」

ヨナは冷たく冴えた瞳でじっと若い准将を見つめ返した。

「私たちはもとより、ナリス陛下のお人柄とご人徳を慕って集いきたったものたちばかり——ナリス陛下ご崩御の上からは、全員ともに陛下のみあとを慕って殉死すべき、とさえ多くのものが考えております。この上いたずらに、陛下のご遺骸の前にて戦いを続行し、同胞の争いをいとわれた陛下に黄泉でさえあらぬお悲しみをかけたいと思うものはおりますまい」

「それでは、このまま、このアレスの丘周辺におとどまり下さいますね？」

准将は念をおした。

「ひとつだけ……同じアレスの丘の西麓で、リーナス聖騎士伯閣下ひきいる聖騎士団が、われわれの友軍カレニア騎士団と戦いをくりひろげているという報告を受けております。リティアス准将が兵をおひきになったとして、そのあと、リーナス聖騎士伯の軍勢はいかがなりましょうか？　それしだいでは、われわれにせよ、犬死にをいとうやいなやも、またおのずと……」

いくぶんすごみをきかせたヨナのことばに、おされたように、リティアス准将は大人しく目を見開いた。

「それについては、それこそ本官は何もお指図をうけたまわっておりませんので……立場としては、リーナス聖騎士伯のほうが、私よりも上司ということになりますゆえ、これから聖騎士伯とご相談しなくてはなりませんが……ただ、聖騎士伯となさっても、ナリス殿下のご逝去というような重大情報に接すれば、さらにその上たたかいを続けようとはまずお考えにならぬかと存じますし、わたくしもそのようにはたらきかけ、ともかくここはいったん休戦のはこびにする所存でございますが」

「それをきいて、安堵いたしました」

ヨナはかすかに微笑を、その蒼ざめた頬にうかべた。

「それでは、われわれもいったん兵をひき、聖王陛下の喪に服させる用意をいたしたく存じます。まずは、ご連絡をおまちしております」

「かしこまりました。――ナリス殿下の、やすらかなる黄泉路を、心よりお祈り申上げております」

4

すすり泣いていたリギアの涙はいつのまにかとまっていた。

「ヨナ――」

リギアは、リティアス准将が出てゆくなり、まろび寄るようにしてヨナにかけよった。

「ヨナ、どういうつもりなの。あなた、本当に、国王軍と休戦のだんどりをつけようというの？　まさか――」

「どうなさろうというのです。リギアさま」

ヨナはむしろ、その詰問に驚愕したように答えた。といって、その目はあくまでも冷静で、少しも、本当に驚愕してなどいないことを物語っていたのだが。

「まだ、この上――ナリスさまのご遺骸をいただいて、われわれだけでたたかいを続けようとでも？」

「だって――だって、これほど重大な決意でナリスさまがはじめられた謀反よ……それにリンダさまだってまだ取り返せてもいない……いまここで、ナリスさまが、その……こう――なられたといって、それで降伏してしまったりしたら、私たちは……私たちはただの……」

「降伏ではありません、リギア聖騎士伯」

ヨナは冷やかにいった。

「さきほど、伝令の報告をおききにならなかったのですか。情勢は逆転しました。アレスの丘西麓で、苦戦していたローリウス伯のカレニア軍のもとに、イリスの六点鐘前後に、あいついで援軍が到着しました。サラミス公ボースどのみずから率いられるサラミス騎士団、そしてアルゴスの黒太子スカールどのが率いるアルゴス義勇軍、あわせて七千前後だとのことです。形勢は逆転し、リーナス軍はたちまちくずれたちました。リーナス伯はほうほうのていで聖騎士団をまとめて、主力をアレスの丘を迂回してジェニュアに退却させようとしている、との情報がそののち魔道師より入っています。当初はリティアス軍と合流して、なんとか反撃をはかるかとこちらも慎重にかまえていましたが、ナリスさまご崩御の情報もいったために、リーナス軍もいったん兵をひき、クリスタルへひきあげるかまえになったようです。あるいは、そうみせかけて、ジェニュア付近で待機し、レムス王の命令をまつつもりかもしれませんが。いずれにせよ。リーナス軍は撤退しています。リティアス准将軍との合流はおそらくないか、あってもこの付近ではないようです。すでにその件についての報告はリティアス准将にはいっているのでしょう。それで、准将も、ナリスさまのご崩御の真偽を確認してから、平和裡に兵をひいてクリスタルへいったんひきあげる構えになったのだと思いますよ」

「なんですって」

リギアの涙はほとんど瞬時にかわいてしまった。

　かわりに、激烈な怒り——とさえいっていいものが、その蒼白になっていた泣き濡れた顔を真っ赤に染めた。リギアは、うめくとも、叫ぶともつかぬ声をあげて、一瞬、ヨナにつかみかかりそうになった。

「何ですって。——サラミス公騎士団と——スカールさまの援軍？　なぜ！　なぜ、いまそれを——なぜ、それなのに……なぜ、たった一ザン、ナリスさまはそれを待ってはいられなかったというの！　ナリスさまがいなかったら、援軍がきたところで……たとえこちらが勝利しても、いったい、何の——何のために、何の——何のために！　私たちは、何のために、こんなところまで！」

　あまりにも激烈な怒りが、リギアの全身から白熱するオーラをたちのぼらせ、包み込むかにさえみえた。リギアは声も出せぬほどの嗔恚に、腰の剣をぬいてヨナにおどりかかり、切りかかりたいかのように腰に手をやった。だがそのまま、あまりの慚愧にたえかねたように、両手で髪の毛をひっつかみ、その場にくずれおちた——こんどは、さきほどのような、力つきた、悲嘆にくれた崩れ落ち方ではなかった。それどころか、全身を大地に叩きつけ、われとわが身をうち砕きたいほどの勢いで、大地に身を投げたのだ。

「リギアさま。そのように興奮されたところで」

　ヨナはうんざりしたようにいった。

「何にもなりません。——それにおからだをいためるばかりです。もし、落着かれないのでしたら、黒蓮の粉をさしあげます。——よくお考え下さい。ナリスさまが何を目当てに、何をどうお考えになってこのたびの謀反をもくろまれたか。——あのかたは、何もパロ聖王の地位が目当てでもなければ、この謀反を成功させることさえ、望んではおられなかった。ナリスさまが望んでおられたのはたったひとつ、キタイの脅威からパロを救うことです。——そして、ついにスカールさまが立たれた。スカールさまなら、ナリスさまのご遺志をついで、パロを救って下されましょう」

「お黙り」

リギアは男のような声でうめいた。そして髪の毛を荒々しくかきむしった。

「黙れ。人非人め」

「これはしたり、いわれなき人非人よばわりは非道」

ヨナは平然といった。

「ナリスさまのご遺言は私だけがうけたまわりました。——ナリスさまは、ナリスさまなきあとは、スカールさまをかりそめに、パロ聖王補佐としてこのたびのたたかいの総大将に——そして、リンダさまを首尾よく救出し、ヤンダル・ゾッグをこのパロから追放し、パロをキタイの脅威から救い出したのちには、リンダさまをパロの聖女王にと……」

「黙れ。黙れ。黙れ」

リギアは絶叫した。そして、のどもさけよと咆哮すると、そのまま両手で頭をおおってうずくまってしまった。

「これは困った」

ヨナは冷たく、端正な顔に困惑の微笑めいたものをうかべて、居並ぶ魔道師たちを見やった。ロルカ、ディラン、タウロ、といった魔道師たちもみな、奇妙なさげすむような表情をうかべてリギアを見下ろしている。きびしく精神のコントロールをきたえあげる魔道師にとっては、リギアのような直情径行、激情型の感情を爆発させることはもっとも教養のない、もっとも魔道師らしからぬ行動として、ひどくいとわれるのだ。

「リギア聖騎士伯はだいぶん、興奮してしまわれたようだ。——ロルカどの、リギア閣下は少しおやすみになられたほうがいい」

「さようでございますね」

ロルカは無表情にいった。

「では、黒蓮の粉をさしあげて……少しお休みいただくことといたしましょう。それにリギアさまも何を申すにも女性のお身、夜を徹して戦いの指揮をされて、だいぶご疲労になっていると思われますし」

ロルカは、衆人環視のなかで、静かにリギアに近づいた。リギアは、激情のあまりにも狂おしい激発にすべての力を瞬間的に使いはたしてしまったように、うつぶせたまま肩をかすかにあえがせていたが、何かの気配を感じたようにはっと身をおこそうとした。その瞬間、ロルカの手からさらさらと黒いもやのようなものが流れ出した。リギアはかっとそれをふりはらおうとした——何をされるか、本能的に察知したのだろう。だが、次の瞬間リギアの涙にぬれ、ひきゆがんでいた顔が、うつろになり、そしてリギアはくたくたとそこに完全に意識をなくしてくずれおちてしまった。

「やれやれ、人騒がせなおかただ」

ヨナは冷酷にいった。

「タウロ、あちらに天幕をもうひとつもうけてある。そちらにリギア聖騎士伯閣下をお運びして、しばらくおやすみいただけ。——万一意識をとりもどされても、勝手な行動をなされないよう、リギア騎士団の騎士たちに交互に見張っていてもらうようにしろ」

「かしこまりました」

小柄な魔道師は丁寧に頭をさげて、早速リギアの部下たちを呼びつけ、意識のないリギアのからだをかかえあげて、出ていった。

「結局のところ女性は女性にすぎない、ということですね。たとえ聖騎士伯を勇ましく名乗っておられようと、男性としての教育をうけたとどれほど自負しておられようと」

ヨナは誰かにきかせでもするかのようにいった。

「あのように感情的なことでは、とても大事はお預けできそうもない。——それに、スカールさまとのうわさもきいたことがある。リギアさまの処遇についてはこのさき、われわれのほうでも慎重に相談しないわけにはゆくまい」

「ヨナさま。——ラーナ大公妃殿下が、ナリスさまご崩御の知らせをうけ、ご遺骸にご対面をと申されて、おいでてでございます」

小姓が天幕のなかに入ってきて言上した。ヨナはゆっくりとロルカとディランと顔を見合せた。

「むろん、お通りいただけ」

ヨナはいった。

「なにしろ、陛下の生みの母上だ」

小姓はうなづいて出ていった。ヨナと魔道師たちは、なんとはない奇妙な気ぶっせいな沈黙をかわしながら、まるで沈黙のなかでかれらだけに通じる心話でひそかに会話でもしているかのように目と目をみかわして目くばせしあいながらじっと待っていた。

やがて、天幕の垂れ幕がかかげられた。入ってきたのは、ラーナ大公妃と、そばづきの女官数人であった。全員がみごとに黒い喪服に身をつつみ、大公妃は髪の毛をもすっかり黒いヴェールにつつみこんでいた。つかつかと入ってきた大公妃は、まるでじろじろと検分するかのように、祭壇のまえにすすみ、ヨナたちには目もくれずにナリスの青白い顔を見つめた。

「ようやっと、おのれのしでかせしことがらの愚かしさを悟りおったのか。まことに遅うはあったが」

そのうすいくちびるからもれたのは、これまた、ヨナにおとらず酷薄で苛酷なことばであった。

「このようなすがたになりはてるまで、おのれのしでかしたことの意味にさえ気づかなかったとは。――愚かよの、ナリス。……そこな無礼者」

それが、おのれのことだ、と悟ってヨナは苦笑しながら進み出て、正式の、王族の貴婦人への礼をした。大公妃は、ひややかな憎悪と怒りに燃えた目でヨナをにらみつけた。

「ようも、聖王家の大公妃ともあろうこの身に無礼にもけがらわしき手をかけ、人質となしおったな。だが、このようなさいであってみれば――このようにしてナリスのおろかしきかぎりの野望もついえたる結果となってみれば、そのほうもいずれ遠からず謀反人として処刑台の上での最期をとぐること、火を見るよりも明らかなれば、無礼のほどは特別に見逃してやろう。わらわをジェニュアへ戻せ。馬車を仕立ててわらわをジェニュアへ送り返すのだ。おのれら謀反人、いやさナリスの口車にのせられたる愚か者どもも、頭目がかくなりはてたる上からはいかんともしがたかろう。とっとと降伏し、国王陛下の寛大なるお情にすがるがよい。そのために、わらわをあてにしよう所存ならばおおいなる心得違い、わらわはもうおのれらの利用するところにはならぬぞ。それとも、この上はわらわの身柄を盾にとって身の安全をはかりおるか？　下郎めらが」

「恐れながら、大公妃殿下にはもはや、ジェニュアより聖王ナリス陛下のご脱出にひと役おかい下さりしよりすべての御用はなきものと存じます」

ヨナが負けず劣らずのひややかな口調でつけつけと言い返した。

「表に、馬車がございます。御者も、馬も、ご自由なれば、それをお使いの上、ご随意にここより出立なされませ。どちらへゆかれようと、どのようにわれらをそしられようと」

「厚顔無恥のむほん人めが」

ラーナ大公妃は冷やかな怒りを爆発させて、細い指をヨナにつきつけた。

「そなたばらの指図は受けぬわ。地獄の底まで呪われてあるがよい。さ、女官ども、参るぞ。このようなところに長居は無用、とく立ちかえって国王陛下にことと次第をご報告申上げねばなるまい」

「おんみずからのお腹を痛めて生まれたただひとりのお子への、お別れはそれでよろしいのでございますか」

ヨナも青白い怒りの炎を燃やしながら、大公妃にむかって低く云った。奇妙なことだが、かれらはどうやらどこか似通った種族に属しているようであった。決して声も大きくはならず、おもても紅潮もせず、リギアのように叫んだりわめいたり、乱れたすがたひとつ見せようとはしなかったが、少しでも目のあるものだったら、本当は、リギアのようにその場で泣いたりわめいたりできるものよりも、このような、青白い、おさえにおさえた炎を燃やすことのできるものほど、まことにはその内実に、おそろしく深く激しい情念の暗黒を秘めているのではないかと疑ったに違いない。それほどまでに、ラーナ大公妃も、またヨナも、青白く痩せた端正な顔をかすかにひきつらせながら、互いに一見ではしずかなことばをかわしているにすぎなかったくせに、そのやせたからだからは、双方から冷たい氷の炎がたちのぼって相手をねじふせようと争っているかのようでさえあった。

「せめて、ロウソクのお手向けくらいはなさってゆかれてはいかがなもので。これが、最後のご対面でございましょうに」

「そのようなこと、おのれごとき下郎の若僧に指図さるる覚えはないわ」

大公妃は手厳しく決めつけた。

「すでにこの愚か者とは、母でもない、子でもない、さよう心得よと申し渡した筈。ゆきずりの縁なき他人の行き倒れほども、母の心には響かぬわ。思えば長いあいだ、ひとをたばかり、たぶらかし、ろくでもない仕打ちばかりの一生を送ったものよ。次はそのほうの番じゃな、下郎め。——処刑台の上で、このような愚か者の口車にのったおのれをくやむがよろしかろう。さ、参るぞ、女官ども」

「大公妃さまの御身をヤーンが永遠に守らせたまいますよう」

恐しいほどの皮肉をこめて、ヨナがいった。大公妃はきっとふりむいてヨナの灰色の目をにらみつけた。しばし二人の目が激突——といっていいすさまじさで蒼ざめた氷の火花を散らし、それから、大公妃はきっとまた頭を立て直して、そのままつかつかと、きたときとまったく同じ姿勢でただ向きだけを一八〇度反対にして、天幕から出ていった。

重苦しい奇妙な沈黙がたちこめた——ヨナは静かに立っていって、祭壇の前にロウソクを追加した。

「ナリスさまもお気にはなさるまい」

ヨナは低くいった。その目はひそやかな怒りにまだ燃えていた。

「もう、いまとなっては——ナリスさまを傷つけることは、あのかたにさえお出来にならぬのだからな。——カイ、大公妃さまのお立ちになっていたあたりに、お清めに、ナリスさまのおすきなサルビオの粉末をまいてさしあげるがいい」

「はい。ヨナさま」

小姓頭のカイは機械じかけの人形のようにうつろに答えて立上がり、いわれたとおりにした。

ヨナはゆっくりとあたりを見回した。

「伝令班が心話で報告してきた」

ロルカたちがうっそりと顔をあげるのに、説明するように云う。

「リーナス軍は完全にリティアス軍との合流を断念し、大回りでジェニュアへ撤退にかかった模様だということだ。ただしこちらの動きを封じるためだろう、二個大隊がややはなれたところに残されている。それにかなり大勢の斥候部隊と。——この休戦と撤退の知らせが届けば、ルナン侯と対峙し、夜明けとともに総攻撃に出ると予測されていた、ベック公の主力軍もいったん兵をおさえるだろう。——あとは、ルナン侯さえ、この報告をきいて、リギアさまなみの激情にかられてベック公につっかかってゆくような愚行をなさらなければだ。——さあ、それでは我々はすみやかに今後のための第一回の軍議を——」

言い掛けたときだった。

また、天幕があけられた。

「クリスタル義勇軍司令官、カラヴィアのランどのが見えました」

「お通しして」

ヨナはしずかにいう。カラヴィアのランは、ヨナにまけずおとらず蒼白なおもざしで入ってきた。激戦のあいだに何ヶ所も傷をおったらしく、頭にも、肩にも、足にも包帯をまいていたが、仲間に支えられるのをことわり、剣を杖にしていた。天幕のなかに入ってきて祭壇のようすを見るなり、ランの精悍な日に焼けたおもてに悲痛な表情が浮かんできたが、ランはぐっとくちびるをかみしめて何もいわなかった。

「われらの忠誠を捧げしアル・ジェニウス、アルド・ナリス聖王陛下にお別れを申上げさせて下さい」

ランは低い声でいった。そして、ヨナと魔道師たちが同情的なようすで場所をあけると、それにいれかわって、よろめきながら祭壇の前にすすみ出、ふるえる手でロウソクをたむけた。

「まだ、眠っておられるようにしか思えない」

ランは低くいった。

「まだ信じられません。——私は、ヨナからご決意をきかされもしたし……いったんはおめしようと御座馬車にかけよろうとしたのですが、戦が激しくて……でも、どうして、ようやくサラミス公騎士団とスカールさまが参戦されたいまになって……いまになって、こんな……」

「……………」

ヨナは答えなかった。ナリスにあまりにも心酔してきた長年の盟友をただあわれむように黙ってうなだれ、静かに瞑想的にまぶたをとざしている。

ランも返事を期待しているというわけでもないように、そのままことばをついだ。

「いまでも忘れません。――聖騎士団をひきいてアルカンドロス広場に――我々が全滅を覚悟していたあの運命の日に、純白のおすがたで飛込んでこられたあのときのことを。――『わが名は、クリスタル公アルド・ナリス！』そう、名乗りをあげられたあのかたの声があの広場にひびきわたったあの瞬間のことを。――あのときが、私の――私の生涯の最良の胸おどる瞬間だった。あのときにもう――私の一生は終わっていたのかもしれない」

「……」

「だから、いつどのような運命をたどられても驚くことはもうない。――いつか、このようなごさいごをとげられることになるとはわかっていた。――私たち自身もあの呪われた叫び――『パロ聖王、アルド・ナリスばんざい！』を叫んだことで、たぶんナリスさまがこうなられるために片棒をかついでしまったのだから……責任は、それをとめることのできなかった私にもある。――だから、私は何も迷いはない……どうすべきかも心は決まっている……」

「ラン」

はじめて、ヨナが動いた。

「ラン。――早まったまねをしてはいけない。……そう、ナリスさまがおそれておいでだった。よく、考えてくれるようにと。――ランや、何人かのクリスタル義勇軍のかしらだったものたちは、そのように早まるおそれがあるかもしれぬと……その場合には、ナリスさまのお考えになっていたことはちゃんと伝わってはいないことになると。そのように考えておられたゆえ、ナリスさまから、ラン、あなたにこうして——特別に、遺書が用意されておいでだ」

「ナリスさまから……」

ランの表情がかわった。

「ナリスさまから、私に……特別に……」

「そう、ランなら、たぶんこうなったあかつきにはどうせねばならぬかはわかっている、とナリスさまはおおせだった。——だが、それではまだ困る。とにかく、この遺書を読み、そして得心がいったら、おのれの遺志をついで、ヨナと——そしてスカールとを助けてくれるよう、ランをなだめてくれるように、とナリスさまは、私に——」

「ナリスさま……」

ランは、恐しい何か——それとも、火にでもふれるかのように、ヨナがさしだした封書をうけとった。そして開こうとしたが、開くことができなかった。

「わかった。では……では……ここでは読めない……いずれ、もうちょっと……落着いてからまた……ヨナのところにあらためて……」

「ああ、そうしてくれれば」

ヨナはしずかに答えた。ランはふるえる手で、その手紙をそっとふところ深くしまいこんだ。そして、もう一度、あこがれるとも、懐かしいともなんともつかぬ目をじっと祭壇のナリスのほうにむけた。

「こんなときでも、ナリスさまはお美しい」

ランはそっと、おのれのことばを恥じるかのようにささやいた。

「毒が……おだやかにきいたのだったら、よかった……苦しまれた形跡はない。だったら、せめてもの……もう、このかたは、さんざん、生きているあいだに苦しみを味あわれてきたのだから。身も心も……」

「ラン。ともかく、ことはきわめて重大なのだ。——それを読んで、——ここでは読めないというのならどこでもいい、読めるところで読んで、そして早急に私のところに戻ってきてほしいのだが」

いくぶん苛立ったようすでヨナがいう。ランはそのヨナをきつい目で一瞬見つめたが、黙って目をふせた。

「わかりました。ヨナ参謀長」

ひとこといって、そのまま丁寧に、列席している魔道師部隊のものたちに頭をさげ、そのまま天幕を出てゆく。

ヨナはなんとなく、あたりを見回すようにみえた。

「もう、これで……ご遺骸にお別れを特別に告げたいと思うものは全部だろうか？」

しずかにヨナはいった。

「だったら、いよいよ軍議に入らなくてはならないが……その前に、もういっぺんロルカどのから、情勢の報告を――四方八方のようすを整理して、皆に……もう、たいていのものは心話で話をきいていられると思うが、ここであらためて――万一にも齟齬があってはなりませんゆえ」

「はい。ヨナさま」

「では、こちらへ集まって――失礼して、ナリスさまの御前へ……」

「夜がすっかり明けて参りました」

天幕を開いて、タウロが入ってきた。同時にそのうしろから、確かに彼のいうとおり、朝のしらじらとした光がさしこんできた。

「もう、外はすっかり朝でございます。――クリスタル義勇軍の兵士たちと、リギア軍の――旗本隊の騎士たちは、みな喪に服する準備をすすめております。義勇軍のなかでもアムブラの者たちはみな声をはなって泣いていて、なかなか準備が進みません。それに――」

途中でタウロははっとことばを切った。

ふいに、荒々しい巨大な黒い影のようなものが、天幕の入口に立ったのだ。

第二話　沈黙の丘

1

「あ！」

するどい叫び声をあげたのは、ヨナではなかった。

たとえこの世のもっともおそるべき災厄がふりかかってさえ、ヴァラキアのヨナの平静さをゆるがすことはあるいはできぬのかもしれぬ。そうとさえ思わせる平静さで、ヨナはしずかに身をおこしただけだった――他の魔道師たちは、まだ多少は動揺したようすをみせずにはいられなかったが。

「スカールさま――！」

叫んだのは、タウロだった。

「ス、スカールさまがおみえになりました！」

「見ればわかる、そんなことは」

珍しく、ちょっと相手の凡庸さに苛立ったようすでヨナが鋭くいった。そして、ゆっくりと進み出て頭をさげた。

「アルゴスの黒太子スカール殿下、はるばるとのおいで、まことにありがとう存じます」

「お前は」

つかつかと入ってきたスカールは、ぶえんりょにあたりのようすをじろじろと眺めまわした。

そのするどい、けいけいたる眼光にさしつらぬかれるように感じて、誰もが――ヨナ以外のものはみな――目を伏せた。もっとも、ナリスの祭壇のななめうしろにひっそりとうずくまっている小姓頭のカイだけは、この世に、何ひとつもう大事なことも、心を動かすこともなくなってしまった、とでもいうかのように、ぴくりとも動きもしなかったが。

スカールは相変わらずであった――というのもおかしな言い方だが、たとえどのような瞬間に、どこにどうやって唐突に登場しようとも、アルゴスの黒太子スカールはまさしく、アルゴスの黒太子スカール以外のものではありえなかっただろう。それほどに、彼は変わらなかった――漆黒の衣裳に身をつつみ、黒い長いマントをなびかせ、黒い皮のブーツと皮の足通し、それに襟元にも何枚もの黒い薄い布のスカーフをまきつけ、頭に同じ黒い、だが金色の糸がうすく編み込まれたスカーフでターバンをまきつけて、その下から黒々とした髪の毛がはみだしていた。腰に巨大な剣をさげ、黒い皮のヴェストをはおり、その下の胴着も黒だった。そして肌も浅黒く、そのけいけいたる大きな双眸も、あごひげも、口ひげも残らず黒黒と輝いていた。まさしく、彼は漆黒の夜のさなかからあらわれた黒太子そのものだった。

「お前は？」

もう一度、おのれの問いにただちに答えが得られなかったことに驚いたかのようにスカールはたずねた。ヨナは丁寧に礼をしてから、こうべをあげてまっすぐにスカールを見つめ返した。

「わたくしは、パロ聖王、故アルド・ナリス陛下の参謀長を拝命いたしております、ヴァラキアのヨナと申します若輩者でございます。アルゴスの英雄、黒太子スカール殿下のご令名はかねがねうけたまわっております。先日、ナリス陛下よりの殿下へのご親書、さいごとなりましたご親書は、祐筆としてわたくしが筆をとらせていただきましたものにございます」

「つまり、お前がすべてを取り仕切っておるというわけだな。見ればたいそう若いようだが、ナリスが信用したというからには、間違いはあるまい」

スカールはじろじろとヨナを見ながらいった。それから、目を祭壇にうつして、イヤな顔をした。

「だが、これは何の茶番だ。――ここにくる途中で、ナリスは毒をあおって生害をとげたと伝令が報告にきた。それはまことか」

「たいへん、このように申上げるにはしのびぬことながら……それは事実にございます」

ヨナは青白い顔で、そっと祭壇のほうをさし示すようにした。

「スカール殿下の援軍がご到着になるという、知らせが半ザン早ければ……事情はかわっておりましたかと――四方八方をあますところなく国王軍に囲まれ、降伏を迫られ、陛下はいまはこれまでとおんみずから決意されて服毒され、無念のご最期をとげられました。――スカール殿下へのご遺言もわたくしがうけたまわっておりま……」

ヨナの声を、スカールはするどくさえぎった。

「これは何の茶番だときいているのだ」

スカールは激しくたたきつけるようにくりかえした。

「俺はナリスに、いのちを粗末にするな、ともかくも俺をひとたびだけ頼ってこいといった。――草原の民は信義を守る。ひとたび口にだしたことばは盤石の重みをもって守られる。それを知っていながら、ナリスは――なぜこのようなことになった。お前では、それをふせぐことができなかったのか」

「恐れながら……」

ヨナはいくぶん目をふせた。そのおもてはいっそう青白かったが、表情はほとんど動かないままだった。

「ナリス陛下のご意志はかたく……また、わたくしは参謀長とは申せ、ヴァレリウス伯爵のように、ナリスさまの右腕というわけではございませぬ。あくまで祐筆に毛のはえたていどの――秘書のごときものでございます。ナリスさまは……わたくしが、いますこしスカールさまのおいでをおまち下さるようにと申しあげたのを、おききとどけ下さいませんでした。もしもこの身がキタイ勢力の手にわたれば、パロはほろびるのだから――それに、この身さえ消滅すれば、カレニア軍も……ご自分に味方したものたちもみな救われるのだから、そうおおせあって……」

「馬鹿な」

スカールはさらにたたきつけるようにいった。その目はじっと祭壇の上の、よこたわっているナリスの顔にむけられていた。

「俺の知っているナリスはそんな奴ではなかったはずだ。——そんなにも簡単に諦めてしまうなど——確かにキタイの王にねらわれている巨大な秘密を、奴がかかえているというのは……先日の密談で俺も納得したが、だからといって……いや、だがあのときにも、奴は、おのれが死ねばすむことだとしきりにもらしていた。——奴は、死にたいと願っていたのか。その、奴の病はいまだ癒えてはいなかったのか」

「………」

そのような、敬愛する王の内心の葛藤については、おのれは口をさしはさむ立場もない、といわぬばかりに、ヨナはひとこともいらえなかった。

スカールは、ほかの魔道師たちには見向きもせずに、つかつかと祭壇に寄っていった。そして、つと手をのばして、ナリスのからだをかかえおこそうとするそぶりをみせた。思わずはっとしたようにロルカたちが身をおこそうとしたが、ヨナが目顔でとめた。スカールはそのつよい腕に無雑作に黒い布につつまれたナリスを抱き起こした。

「眠っているようにしか見えぬが——確かに冷たいし、それにもう……確かに息はないようだ」

スカールは無感動な声でいうと、こんどはかぎりなくそっとナリスをもとどおりに祭壇の上におろした。

「確かに、ナリスは死んだのだな。——馬鹿なことを。何のために俺がここまできたのだ。何のために」

「おそれながら……」

ヨナはしずかにいった。

「ナリス陛下のおんために、香華をおたむけ願えれば、陛下にとりましても黄泉路への何よりのお供物かと……陛下はずっと、スカールさまのおいでを心待ちにしておられましたから……」

「だが、兵の包囲はもうとけ、ナリスを追い詰めていた軍勢は休戦していったんクリスタルへひきあげたという報告をきいたぞ」

スカールはけわしくいった。

「それほど簡単に包囲をとき、休戦を受入れるような軍勢なら、もうちょっとは——頑張れなかったのか。いまさらいってもくりごとにすぎぬのかもしれぬが、俺はあまりにも——ここまで、夜を日についでかけとおした俺があまりにもむなしい。俺はやつを死なせたくないばかりに——俺自身のきわめて重大な信義をくつがえしてまで……」

スカールは、くりごとをいわずにはおられぬおのれの気持をしずめるかのように、口をつぐみ、じっとナリスを見つめた。

「ばかなことを」

もういちど、くりかえしてスカールはいった。

「これほどまでに簡単にそのふたつとないいのちを捨てるとは。——いっそキタイ軍の手におちてさえ、俺がなんとか救い出してやるのを信じてくれればよかったものを。……わずか半ザンや一ザンが待ち切れずにこれほどのやつがいのちをおとしたとあっては……あまりにもそれは運命のいたずらがすぎるというものだ」

「スカールさまとサラミス騎士団とのおかげをもって、リーナス伯ひきいる聖騎士団は敗走し、クリスタルに撤退いたしましたが……」

ヨナは低くいった。

「その直前までは、アレスの丘をはさんで、われわれは国王騎士団の軍勢に、そしてナリスさま救援にかけつけたカレニア軍もまたリーナス軍に、もはや全滅を覚悟するの他はないというところまで、追い詰められていたのです。——ナリスさまがご自害なさらなかったとしたら、まだおそらく、われわれはじりじりと殲滅されている最中だったことでしょう。——おそらくそうなれば、一兵さえも生き残ってはおらなかったかもしれませぬ。ナリス陛下は、そのおいのちをもって、われわれのいのちをあがなって下されたのです。われわれのいのちなど、幾千、幾万失われようと、陛下のただひとつのいのちにはかえがたかったものを。——わたくしこそ、陛下にぜひ申上げたきことがございます。もしも、黄泉路でいまひとたび、お目にかかることができたら」

ほう――

そうとでもいいたげな表情で、スカールはヨナをあらためて見つめた。そして、かすかに目を細めたが、もう、その表情から、荒々しい怒りに似たものは消えていた。

「いまだに、信じられぬ心地がするが」

スカールは、祭壇にもういちど目をやって、こんどはずいぶんとやわらいだ、底に悲愁をたたえた声で低く云った。

「そうして見れば、確かに逝ってしまったのだな。……こまごまと小知恵のまわる、パロに名高い策略家で知られた奴のことゆえ、伝令からどのように報告されようと、またしても何やら、替え玉だの、何か小癪な手妻でも使って窮地を切り抜けようとしたのではないかという思いをどうしても、俺もぬぐえなかったが、こうして見れば――また、奴のことは俺はよく知っている。俺がこうしてこの目でみて――俺の目をごまかせるような替え玉は……余人は知らず、俺はこれでも……少しは目がきくと思っている。その俺の目をごまかせるような……ナリスだといっときでも俺をたばかれるような人間は他に決して存在しないだろう。……信じるほかはない。ナリスは、死んだのだな。わずか一ザン、俺の到着を待つことがかなわずに、みずからのいのちを断ってしまったのだな」

「………」

ヨナは黙って頭をさげた。スカールはしばらく、そのたくましい胸のなかにこみあげてくるものをじっとおさえるかのように黙って立ったまま祭壇を見つめていた。それから、ゆっくりとした動作で歩み寄ってロウソクをつかみとり、火をともして、すでにいくつものロウソクがゆらめいている祈り机の上にたてた。

「パロの祈りのことばは知らん」

スカールの、髭におおわれた唇から、にがいことばがもれた。

「だが……それならばもうちょっと早くにきてやるのだった。許せ、ナリス。俺はお前を救ってやることができなんだ。——モスよ、彼のみ霊をそのみもとにひきとりたまえ」

いいおわって、ふと苦笑いに似た表情をみせる。

「草原の大神のもとにひきとられても、困るか。私は石の都の人間ですと、いつもそういっていた。石の都には石の都の人間の生死も愛憎もあるのだ、とな。……だが、ならば、彼の神よ、彼をそのみもとにひきとりたまえ、だ」

無雑作に手をあわせると、スカールはひらりとマントをひるがえした。魔道師たちがざわめいた。

「スカールさま」

ヨナが声をかけた。

「どうなさいますので」

「知れたことだ。俺はナリスを救援にきた。それが間に合わなかったら、もう俺の出る幕はない。俺はこれから草原に帰る」

「お待ち下さい」

「葬儀を待っているいとまはないし、俺の神と奴の神は違う。奴の神の流儀での葬儀に出る心算はない。俺は戻る」

「ナリスさまよりの、ご遺言がいろいろございまして」

ヨナは、大股にきびすをかえして性急に天幕を出てゆこうとするスカールの前にたちふさがった。上背は、スカールほどの立派な体格の者に相対しても、それほど極端にはまさりとりのないヨナであったが、横はそれこそ、そうやって並んでみると、スカールの半分ほどもないくらい、ほっそりとしている。だが、ヨナはおそれる気配もなく、たくましい草原の英雄を見上げた。

「それに、われらとしてもご相談せねばならぬことが多々ございます。——ナリスさまのご遺言に、わがなきあとは、スカールさまを、パロ救出のこのいくさの、ナリス軍の総大将とあおぎ、そのご命令に従うように——と……」

「そんなのは」

スカールは濃い眉を一直線になるほどしかめた。

「奴の勝手だ。俺に断りもなしにそのようなことを云われても困る。俺には、奴にかわってパロをキタイから救う義理などない。奴をこそ、救いたいと思う心情があったゆえ、おのれの信義をもくつがえしたがな」

「リンダ大公妃殿下もいまだ、クリスタル・パレスの奥深くとらわれておいでになります」

ヨナはくいさがった。

「ナリス陛下は、さいごのご遺志にて、スカール殿下のおん指揮のもとに、リンダさまを救出し、そしてリンダさまを新パロ女王として、新生パロを守ってゆくようにと」

「だから、それは奴の勝手だといっている」

苛立ったようにスカールは言い捨てた。

「そこをどけ、参謀。俺は、奴のためにおのれの信義はくつがえしたが、だからといって奴の死後まで奴の傀儡として使われるためにここまでは来ん。ここまできたということで俺の義務ははたしたし、俺は奴にもう別れをつげた。パロでの俺の用はすんだ。もうパロにくることはない」

「スカールさま」

ヨナはふところから、巻物になっている手紙をとりだした。

「これは、ナリスさまがさいごにいそぎしたためられた、スカールさまあてのご遺書でございます。このなかに、ナリスさまからの、スカールさまへのさいごのご伝言が」

「見せてみろ」

スカールは無雑作にそれをうけとると、さらさらと開いて読み下した。だが、すぐにそれをまきもどすと、ヨナのほうにつきつけた。

「だから、それはお前らから云われようと、ナリス当人の遺言として見せられようと、同じことだ。ナリスは俺の意志を確かめ、俺の同意をえてこの遺書を書いたわけではない。奴には気の毒だが、俺はパロのために戦い、俺の民を危険にさらす理由はない。俺はナリスのために戦いはしたが、パロがキタイの侵略からまぬかれるために戦う理由はないのだ。なぜそれがわからぬ」

「それは、完全に論理的なお申し条だとは存じます」

ヨナは、スカールのそのぶっきらぼうなことばに、ふしぎと、怒ったり、焦ったりしているようすはまったくなかった。むしろ、奇妙なことだが、ヨナはいくぶん、楽しそうにさえみえた。

「わたくしも、ナリスさまの参謀として、ナリスさまのご遺志を実行せねばならぬ立場でさえなくば——スカール殿下のお考えはきわめて理解しやすいものであり、またわたくしが——おそれおおい申し分ながら、スカールさまであったとしても、まったくそのとおりに行動したであろうと思うものでございますが……しかし、いまは、わたくしは……個人として行動しているのではございませぬ。あくまで、ナリス陛下のさいごのご遺志を実行せねばならぬ、という至上命令のもとに動いておりますので……それはご理解いただければと思いますが」

「それは理解した」

スカールの黒いするどい目が、いくぶん面白そうな光をうかべてヨナの灰色の目を見た。

「お前、妙なやつだな。……あのヴァレリウスはどうした？　あやつよりもお前のほうがむしろ、俺には話がわかるように思われる。あの魔道師はどうした。ナリスにあれだけ傾倒していたやつのことだ。殉死をとげたのか」

「ヴァレリウス閣下はさる魔道にまつわる重大使命を実行のため、ずっとパロをはなれておられます」

ヨナはしずかに答えた。

「わたくしにとって、本当は、重大なのは論理的整合性だけなのです。――そのようなところを、ナリス陛下はかって下さって、わたくしのような若造をヴァレリウス閣下の代理、参謀長にまで登用して下さったと存じておりますし……しかし、いま、わたくしとしては、おのれの心ならずも、ナリス陛下のご遺志を実行せんと全力をつくさぬわけには参りませぬ立場で」

「それもよくわかる」

スカールはさらに面白そうにいった。

「だが、俺も俺のいいたいことをいうだけだ。俺はいずれにせよ草原に戻る。いま、アルゴスはパロと――どちらのパロにせよだ、戦端をひらく気などさらさらないし、俺の兄アルゴス王はアルゴスの立場を、パロの内紛にさいして、一切介入せず、と決めた。どちらにせよアルゴス王妃と深い血縁関係にある国王とナリス夫婦双方、どちらの言い分がまこととも決めかねたからだ。いうまでもなかろうがアルゴス王妃、俺の義姉はナリスとリンダ、レムスにとっては叔母にあたる。義姉にしてみればどちらも大切な親族だ。それが相戦うだけでも心はいたむのに、どちらか一方にくみして片方をほろぼす手伝いなど、とてもできぬ、というのが義姉の言い分で、兄もそれに賛成した。俺がこうして、俺の民をひきいてナリス救援にかけつけたことで、俺はいわばアルゴスを裏切ったことになる。そのことについては後悔はしておらん、おのれで決めたことだからな。だが、これが限度だ。俺一人がそうしてアルゴスの裏切者になるのはもうやむを得ぬが、この上、俺に従ってきた騎馬の民全員をアルゴスに戻れぬ立場にするのは俺もさすがに許されぬ」

「お立場はいくえにもご理解申上げておりますし、それにもかかわらずご救援にかけつけて下さったお志をなき陛下はどのようにお喜びかと存じております」

ヨナはいった。

「しかしながら、こう申しては何でございますが、酒を飲むならば壺ごと、財布を盗むならば袋ごと、という古人のことわざもございます。もう、ここまでこうしておいで下さった以上、ナリス陛下のご遺志にそい、われらを総大将としてお導き下さるのも、スカール殿下にしかなさり得ぬ……」

「馬鹿をいうな」

スカールは一瞬、怒ろうかどうしようかと迷うようにじっとヨナをねめつけた。が、それからたくましい肩をすくめて苦笑した。

「とにかく死せるナリスの傀儡になる気はないといっただろう。俺はともかくいったんダネインまでひく。もうパロの内紛にはかかわらぬ」

「ヨナさま」

小姓があわただしく入ってきた。スカールに気をかねつつ、丁重に膝をついて一礼する。

「たったいま、サラミス公ボース閣下、カレニア伯ローリウス閣下がナリス陛下のご遺骸にご対面をとおいででございます」

「わかった。少し待て」

ヨナはうなづいた。そして、つとスカールのかたわらに寄った。

「スカール殿下」

ヨナは低い声でいった。

「別の天幕に、リギア聖騎士伯がふせっておられます。――ナリス陛下のご崩御に、かなり、その――深い衝撃をうけて取り乱しておいでになりましたので……おそれながら、わたくしの命令で魔道師たちに黒蓮の粉を処方させ、しばらくおやすみいただいておりました。が、これはいつなりと魔道師たちの力でとくことができます。……スカール殿下はリギア聖騎士伯とはご懇意とうけたまわっております。……ナリス陛下も、さいごまで、リギア聖騎士伯のお身の上については案じておられました。ちょうどいま……お父君ルナン聖騎士侯もジェニュア街道にて最前線にたっておられ……もしかしたら、そちらも不吉な結果にならぬとも限りません。むろん、この――ご崩御の情報が流れれば、またおのずと情勢は変化いたしましょうが……そうなれば、もしものことがあればリギア伯は二重三重に衝撃をうけられることとなります。――恐れ入りますが、ダネインにお戻りになるといわれましたが、まだほんの一日、いや数日ほどであってみれば、お時間を頂戴できたところで罰はあたりますまい。どうか、リギア伯を、その……お見舞になってさしあげていただけませんでしょうか。そして、リギア伯を……とりしずめてさしあげていただきたいのです。これは、ナリスさまのご遺志によって、というよりも、わたくし個人からのお願いとして、さしでたふるまいながら申上げているのでございますが」

「………」

スカールは瞬間、また、何を若造がさしでがましいことばを、とでもいいたげに、うろんそうな目つきで、じろじろとヨナを見つめていた。

それから、突然に、何を思ったか、むっつりと大きく首をうなづかせた。

「わかった」

彼はぶっきらぼうにいった。

「見ず知らずといってもよいお前に指図だてされるのは、俺の性にも気質にもあわぬが、お前は面白そうなやつゆえ、それに免じて許してやる。それにリギアのことは俺も心配していた。あの女は、ナリスにたいしては、つねに家族以上の情愛を持っていたからな。最初に伝令からナリスの死のことをきかされたときも、まさかと思うと同時にもっとも気になっていたのはリギアがどうしているだろうということだった。では、案内しろ。いや、お前でなくてもいい、誰かに案内させろ。場合によってはリギアは俺が草原に連れて帰ってもかまわぬだろうな、ナリスがこうなった以上。それとも、何か異存はあるか」

「リギアさまにさえ、ご異存なければ、わたくしどものほうにはむろん、もう何も」

ヨナは云った。

「むしろ、そのほうがよろしいのではないかと思うしだいでございますが……リギアさまはまだ、意識をとりもどしておられないと思いますので……タウロ、御案内してくれ。そして黒蓮の眠りを中和する黄蓮の粉をリギアさまにさしあげてくれないか」

「かしこまりました」

タウロは答えた。ずっと、位がはるかに上の上級魔道師たちの居流れる一番隅のほうでうずくまって、ごく目立たぬようにしていたのである。

「それでは、こちらへ……アルゴスの黒太子スカール殿下。リギア聖騎士伯閣下のおんもとへ御案内させていただきます」

「おお」

スカールはうっそりとうなづいた。そして、マントをひるがえした。天幕を出てゆくとき、もう彼は祭壇のほうをふりかえろうとさえしなかった。

2

スカールが天幕の外に出ると、あたりはひっそりとしずまりかえっていた。

大勢の兵士たちがそのあたりにたむろしていたのに、それほどしんとしているのは、ひどく異様な感じを与えたが、さらに異様なのは、その沈黙が、よくきくと低い啜り泣きや悲嘆のうめき、たえかねたような溜息や、悲しみのつぶやき、といったぶきみな通奏低音をはらんでいたことであった。かりそめにも聖王と名乗った人の崩御をはばかり、兵士たちは、休戦がきまったのちも、祭壇のもうけられている天幕にはなるべく近づかぬよう、かなり距離をとってそれぞれの部隊ごとにわだかまり、指揮官たちからのあらたな命令が下るのを待って手持ち無沙汰にかたまっていた——突然のいくさの終結、それもこのような事情での終結に、かれらは、ここにわだかまっているナリス軍も、そのさらにずっとむこうで撤退の準備をはじめ、すでにその一部は撤退しはじめている国王軍も、ひどくとまどっているようにみえたが、それも無理からぬことであっただろう。

包囲していたリーナス軍が撤退したので、カレニア軍全軍もローリウス伯爵にひきいられ、ナリス軍と合流してアレスの丘を下ってきていたが、カレニア王とナリスをあおぐかれらはむろんのこと、さらに、ナリスだけを心の指導者としてここまでやってきたクリスタル義勇軍の嘆きは深かった。

素朴なカレニアの勇士たちはうずくまってかぶとをはずし、カレニアの風習にしたがって頭にひとにぎりの土をかけ、ルーンの聖句をとなえながら涙にくれていたが、アムブラの学生たち、クリスタルの勇敢な町人たちを主力とするクリスタル義勇軍は、これから自分たちがどうしていいかもわからなくなってしまった、というようすもあらわに、魂が抜けたようにぼんやりとそこかしこにうずくまっていた。なかには号泣しているものもいたし、それをなだめているものもいたが、しかしその声さえも、圧倒的な沈黙のなかに飲まれてゆく——そんな、服喪の軍隊の一種異様な光景——それが、スカールの目のあたりにしたものだったのである。

スカールはだが、それにはざっと一瞥をくれただけで、それほど心を動かされたようにも見えなかった。スカール自身の軍勢、剽悍で異相のアルゴスの騎馬の民たちは、森のなかをあまり好まなかったので、森に近づくことをさけ、丘のふもとのひろびろとなっている草原のところにたむろして、スカールの指図を待っていた。そのすがたが、すっかり明け切った草原のなかに、不吉な黒いカラス《ガーガー》の群のように遠くみえた。

スカールはそれにもちょっと目をやっただけで、同じカラスでもこれは都会のカラスといった格好の魔道師のタウロに導かれるままに、すたすたと隣の天幕に入っていった。正式に王太子の身分を返上してから——黒太子という称号は彼個人の一代かぎりのものとして残っていたとはいえ――彼は前よりもいっそうざっくばらんに、そして身軽になったかのようにみえ、身のまわりをまもる騎士ひとり、小姓ひとりともなってはいなかったのである。

「こちらで……」

タウロが天幕の外から声をかけると、小姓がすぐに天幕の垂れ幕を持上げた。タウロはスカールを中に通し、そして低く頭をさげた。

「ただいま、黒蓮の術をときますので、少々おまち下さいますよう」

丁寧にいうと、その天幕の奥に、臨時の低い寝台を作って寝かされているリギアのもとに歩み寄る。寝台といっても、何枚もの毛皮をかさねた上に、布をかけて作った即席のものにすぎなかった。リギアの顔は蒼ざめ、見た目は深い眠りにおちているようにみえる。それは、さきほどスカールがもうひとつの天幕で見た、死せるナリスのやすらかな顔とそれほど違いはなかった。むしろ、ナリスの顔のほうがよほどやすらかに、ついに手にいれた永遠の安息にみちているかのようにさえ思われた。が、リギアのほうは、その胸がかすかに上下していることが、永遠の眠りについているのではなく、辛いこの世のかりそめのいっときの休息にあるということを示しているのがかえっていたましくもあった。

スカールはその、目をとざしていても、心労と悲嘆にすっかりやつれてしまったかのように見えるリギアの顔に、じっと深い光をはらんだ目をそそいだ。

タウロはふところからとりだした粉を水にといて、細い筒にいれてそっとリギアの唇に流し込んだ。それから、丁寧に頭をさげると、そのまま黙って天幕から出ていった。命令を受けたらしく、小姓たちが、そのあとに続いて出ていって、天幕のなかはスカールとリギアと二人だけになった。

スカールはじっと待った。リギアはなかなか意識を取り戻さない。スカールはゆっくりとリギアのすぐかたわらまで歩み寄ると、そこにどかりとじかに腰をおろした。そして、腰のサッシュベルトに結びつけてあった、細い水筒をとりあげて口にあて、何回かそれでのどをうるおしながら待った。

やがて、かすかに、リギアの顔に生色が動いた。——そして、その胸の上下がいくぶんはやまり、それから、唇がかすかに動き——そして、リギアは目をさました。深い眠りから、無理やりにひきもどされた幼児のように、どこか不満そうな目ざめであった。

「ナリスさま」

そのかわいたくちびるから、かすかな声がもれた。スカールは黙っていた。

「ナリスさま……ここは何処？　私は……私はどうしたの？　なんだか記憶が……」

それから、リギアは、ふいに、はっと身をおこそうとした。それから、信じがたいものを見たかのように、かたわらにうずくまっている巨大な黒い獣のような、草原の男を見た。

「スカールさま」

リギアの唇から、かすかな驚愕の叫びがもれた。

「どうして……どうしてここへ……？」

「援軍をひきいて、ダネインからせめのぼり、イーラ湖ぞいにまわりこんでこの丘陵地帯についた」

スカールは低い単調な声でいった。

「着いたのはつい先刻だ。もう、ナリスは自害してすべては終わっていた。途中サラミス騎士団と合流し、リーナス軍を打ち破った」

「そう……それは……報告を受けて……きいておりました」

リギアは、ぐったりと、まだ身をおこすことに耐えられぬかのように弱々しく寝台の上にまた身を倒した。ナリスの女騎士として育てられ、つねにどのような男よりも精悍で勇敢で決してくじけぬことを誇りとしてきた彼女であったが、髪の毛をほどいて垂らしているせいか、それとも休むさまたげにならぬようにとの小姓たちの心づかいで、よろいのひもをほどき、よろい下になっていたせいか、いつになく、かよわげに、はかなげに、女っぽく見えた。あるいはそれは、きわめて雄々しく男らしいスカールがかたわらにあったせいであったかもしれぬ。

「あなたは、いつも、まるで黒い鷹のように私の前に舞いおりておいでになる……突然、何の前触れもなく」

リギアはかすかな声で、息もたえだえといったようすでささやいた。

「そして、私は……いつも、あなたに驚かされて……息が止りそうになりますわ。……あなたはあまりにもいつも突然に私の前に舞いおりておいでになるから……」

「俺はここにいる」

スカールは、ぶっきらぼうに、しかし充分に同情をこめた言い方でいった。

「もう何も考えることはない。……俺も、さきほど祭壇に参ってきた。俺もまだ何かと信じられぬ気はするが——が、これもモスの大神のさだめ給いし事柄だったのだろう。モスのみ心のままに」

「草原の鷹……」

リギアは、もう一度、力なく、すっかり魂の抜けてしまったひとのように、身をおこそうともがいた。それをみて、スカールが手をさしのべると、リギアは、かよわい、いかにも都会の、たたかうことも運命にあらがうことも何も知らぬ女にでもなりはてたかのようにその手にすがり、やっと上体をおこして、スカールを見つめた。

「本当にあなたなのですわね」

リギアはかすれた声でいった。

「なんだか……何もかもが私の前から消え失せてしまうような気がしていたのです。……私、黒蓮の眠りのなかで、なんだかとてもたくさんの夢をみて……悲しい夢をみて、赤児のように泣いていましたわ。目がさめてもなんだか、そのときの夢が胸のなか一杯に残っているよう」

「あまり、喋るな。お前は疲れているのだ」

スカールはこのような無骨な、戦いしか知らぬ粗野な草原の男が持ち合せているとは誰も想像もつかぬような、優しいおだやかな声でささやいた。リギアの目が静かな涙に濡れた。

「何もかもが私を捨てていってしまう夢を」

リギアはつぶやいた。その日にやけた頬を、涙が伝わり落ちた。

「父も、母も、あなたも、ナリスさまも。……ヴァレリウスも、誰もかれもが……私が愛したひとたちが、みんな。——そうして、私は夢のなかで、とうとうひとりになってしまった——とうとう本当にひとりぼっちになってしまった、と思ってたったひとり草原に風に吹かれてたたずんでいたのでした」

「リギア。——もういい。喋るな」

「そうしたら、目がさめたら……あなたがいらした」

リギアは口をつぐまなかった。じっと、涙に濡れた目でスカールを見つめたまま、続けた。

「そう……あなたがいた。何もかもが私を捨てていってしまったと思っていたけれど……私の前には、目がさめたら……あなたが」

「俺はいつでも、俺を必要とする者のところにいる」

スカールは優しくいった。そしてそのつよい手をのばすと、ぐいとリギアを引き寄せた。

リギアのからだが無抵抗にスカールの分厚い胸に倒れ込む。

「もういい。何も考えるな」

スカールの髭におおわれた唇が、リギアのくちびるをとらえた。スカールは、深々とリギアの唇を吸った。リギアの目がとじた。その頬にまた、もう声をたてて泣く力も失ったかのようにただ、音もなく涙の玉がころがりおちた。

「お前はあの男はお前にとっては血をわけた弟だといった。——弟が死ねば、姉として悲しいのは当たり前だ。——だが、弟は、弟だ。お前の男ではない」

「スカールさま……」

「もういい。お前は、あいつが死んだら、俺と一緒に暮らすために草原にくるといった。俺と一緒に来い。俺ももう、今度のことで、アルゴスには戻れなくなった。俺にはもう国もない。騎馬の民も、もうこの上迷惑をかけぬよう、俺から自由にして、好きなようにくらせと草原に帰してやるつもりだ。お前と二人で、しずかに暮らそう、リギア。——家もいらぬ。国もいらぬ。俺にしたがってくる民もいらぬ。馬の二頭もあれば、草原という草原、丘という丘が俺たちのすみかになる。——俺と来い、リギア。——草原のさすらい人の女になって暮らすのは、イヤか」

「………」

リギアはそっと、スカールのたくましい胸に頭をおしつけたまま、その頭を左右にふった。

「お前は、まだ、石の都の女か。——お前は前に、ついてこいといったとき、それは出来ぬ、無理にさらえばのどをつくといって拒んだ。——いまならどうする。俺とともに来い、といったら、お前は、来るか。女」

「はい……」

疲れはてたように、リギアは目をとじたままつぶやいた。スカールの胸が、リギアの涙に濡れた。

「もう……涙などかれて、出なくなったかと思ったのに、まだ……涙があるんですのね……」

リギアはつぶやいた。

「でも、なんだか……こんどの涙はここちよい……さっきのあの、あまりにも苦しい……煮えるような涙にくらべて、なんてここちよいのかしら……」

「俺と、くるか、リギア。俺の——アルゴスの王太子でも、騎馬の民の長でもない、ただの草原の男、スカールの女になって、俺の子を生み、俺の子を育て——俺と生涯、一緒に馬を並べて草原で暮らせるか」

「はい……スカールさま」

リギアはまた、スカールの胸に顔を埋めたまま、涙を流した。

「もう、ここにはいたくない。……連れていって下さい、スカールさま。父ももしかしたらいま、命旦夕に迫っているのかもしれません。……いえ、知らせが遅れているだけでもしかしたらもう、ベック公にうたれているかもしれない。それよりも、父は……私の父は一刻者で、しかもいつも、私より母より、誰よりも——ナリスさま、ただナリスさまだけを命として生きてきたひとでしたわ。私のことだって、本当は、私が男でなくて、ナリスさまのお役にたてないといってずっとくやんでいた。……私は、本当はどこにも居場所なんかなかった。私は——男でなかった私は、男として……ナリスさまにお仕えするよりほか、父の子として認めてもらうすべもなかったんですわ。——ナリスさまが、おかくれになったときいたら……

…きっと父もそれほど長くは生きていません。あの人も——あの老人も、結局、ナリスさまに魅入られて一生を呪縛されてしまった人だったんです。自分の一生だけではなく、その子供や、その妻の一生までも。——でも、もう呪縛はとけましたわ。私は草原へゆきたい……私をパロでないところへ連れていって下さい、スカールさま。もう、ここにはいたくない——あのかたのいないパロには……いえ、あのかたが慕わしいからじゃない。あのかたがいなくなってみてはじめて——まだとても実感はもてませんけれども——はじめて、私、自分がいまから本当に自分だけの、自分のための、自分ひとりの人生を生きることができるようになったんだ、って考えて……なんだか茫然としてしまっているんです。こんなにも……こんなにも自分があのかたに呪縛されていたなんて思いもよらなかった……」

「もう、考えるな。何もいうな。そんなことはみな、もうちょっとたってから考えればいいんだ。もうちょっと、落着いてからな」

「もう、いいんです……呪縛はとけたのですから」

リギアはまた、目をとざし、うっとりとつぶやいた。

「私は自由になったのだわ。……なんて不思議な感じなんでしょう。自由って……きっと、生まれてこのかた、そんな自由が私を訪れるときがくるなんて……いつも想像しながら本当は想像できていなかったんだわ。だから……あのかたがこうなるときが本当にくるなんてきっと私は信じてもいなかった。口ではあのかたは長くは生きないといっていながら。まだ信じていない。まだ信じられない……でも、もう、あのかたはいないんですのね。私は……私は、自分ひとりのためだけに生きていいんですね……どこへいっても、誰を愛しても……」

「そうだ。俺と草原へゆこう。いますぐ出発しよう。草原はいい」

「ええ……私、草原が好きです。……どうして、私は草原の国に生まれ落ちなかったのだろう、どうしてこんな石の都に生まれてしまったのだろうと、ずっと思っていました。……きっと私は生まれるところを、ヤーンのいたずらで間違ってしまっただけの草原の女なんだって。——草原の黄昏が、モスの詠唱が、たちのぼる煙と大草原の彼方の夜明けが……胸のいたむほど、懐かしい。ゆきましょう、スカールさま……あなたが、私の草原なんだわ……あなたのいらっしゃるところが、私の故郷で……家で、そしてさいごのおくつきなんだわ……」

「もう、いい。言葉など、何も役にたちはせん」

スカールは、もういちど、しっかりとリギアを抱きしめた。そして、うしろ首を手でかかえこむようにして、ななめに深々と唇をあわせ、舌をからみあわせた。リギアの呼吸が火になった。

「ああ——！」

リギアは、あまりにも錯綜したすべての思いをふりはらうように、魂を吐き出すような溜息をもらした。それから、しかし、ちょっとあわててスカールの手をおしのけた。スカールの手が、鎧下一枚になっていたリギアのすそをまくりあげ、忍び込んできたからだ。

「待って……待って下さい。天幕のすぐ外にひとが……いつ誰が入ってくるか……」

「そんなこと、俺はいっこうにかまわん。気にしなければいい」

「駄目ですわ」

リギアは泣き笑いのような顔になってつぶやいた。

「ここはまだ草原ではなくて石の都で——そして私は、ここにいるかぎりはまだ石の都の女なんですのよ……お願いですわ。スカールさま……ここから出て、パロ国境をこえさえしたら、もうあとは一生わたくし、あなたがたとえオアシスで皆の前で私と寝ようとおっしゃろうと、地の果てへゆこうとおっしゃろうと、おおせのままにしたがいますから、いまはちょっとだけ……ちょっとだけ、堪忍して下さいませ。私、まだ、石の都の風習に縛られているんですわ。愚かだから」

「まったく、愚かな話だ」

スカールはぶつぶついった。が、おとなしく手をはなした。

「ナリスも、馬鹿だ。——あんな死にかたをするとは、予想外だった。犬死に——そうだ、俺にいわせればただの犬死にだ。奴は死にたがっていたのか。そうかもしれん。奴は前に俺にそういったし——あの魔道師、ヴァレリウスも俺にそんなようなことをいった。お前もたしかそういったような気がする。そんな病的な考えは俺には理解できん。俺は、ただ、ちょっとの辛抱が足りなくて勝ちいくさをみずからのがしてしまうような大将軍にひきいられて戦うことになったお前たちを気の毒に思うだけだ」

「スカールさま……」

「支度しろ、リギア。こんなところにもう用はない。いますぐ、ここを出て――まずは俺の民と合流してダネインへ戻る。そして、そこで、俺の民を放してやり、お前と二人で長い長い放浪の旅に出よう。いやか」

「いやではありません。でも」

「でも、何だ。まだ何か未練が残っているのか、この石の国に。――あの魔道師か」

「あのひとは……」

リギアは一瞬、遠い昔の――早春のやさしい輝きにみちた追憶に胸をえぐられたかのように、泣くとも笑うともつかぬ顔で目をとじた。が、その表情は一瞬で去った。

「あのひとは……あのひとこそ、ナリスさまがああなられた上からは、もう、ほとんど幽冥境を異にしたも同じことですわ。あのひとはもう、ナリスさまがいなくては生きてゆけないでしょう。――あのひとのことはいいんです。私にはもう何の関係もありませんもの。でも……父がどうなったかだけ、わかるまで、待っていただくわけには参りませんか。スカールさま」

「ああ」

スカールは困惑したようにいった。そしてまたいった。

「ああ」

「私を――結局、ナリスさまにお役にたつかどうか、ということでしか、見ることもない、娘としての幸せなど、考えもしない父でしたけれど――老い先短いし、それにもうたぶん…

……どちらにせよ、討ち死にしているかもしれないのです。これでも父ひとり娘ひとりですし……せめて、さいごの手向けくらいはしてやってから……永久にふるさとを忘れたいのですわ」

「それは、好きにしたらいい。俺にはべつだん、急ぐ予定があるわけじゃない。俺にはもう、永久に予定などありはせん。もともとなかったがな。——ただ、俺は、お前がここにいるとよけい、辛くなるのではないかと案ずるだけだ」

「あのかたのことは……」

リギアは何かをふりはらうようにつよく頭をふった。

「あのかたのことは、もういいんです。……というか、何をいったところでしかたないじゃありませんか。……でも、なんだか……きっといまよりも、あとになればなるほど、辛くなってくるのではないかという気がしますわ。——痛恨だの、慚愧だの……怒りだの、どうしてこんなことになってしまったのかという——それに、あのひとの短い、短すぎた人生にたいするあわれみだの……私があのかたをあわれむなんて、なんという思い上がりかといわれそうですけれど、私、いつも、あのかたが可愛想で、可愛想でならなかったものですのよ。——そう思っていたのは、私とリンダさまだけかと思っていました。……たぶん、ヴァレリウスも……そう、ヴァレリウスも、そう思うようになったからこそ、あのかたに本当に見入られてしまったのだと思いますけれども」

「ああ。そうだろうな」

「父は違いますわ。父は何も見ていません。あの人はただ、大事なお預りした若君、自分の子のように守り育てた王子様、というだけで、あのかたの本質などなんにも見てはいません。見る力も、理解することもきっと一生ないと思います。だって本当は父くらい、あのかたと正反対の人間はいないんですもの。でも、私は……いつのころからかはわかりません。だんだん、あのかたが可愛想で、可愛想でたまらなくなっていましたの。あれだけ何もかもに恵まれているのに──あれだけ、神に愛され、なんでも持っているのに、そのことをすこしも幸せだと思えないなんて、なんという呪いだろう──誰がいったい、こんなひとにこんな可愛想な呪いをかけてしまったんだろうと思って」

「……」

「きっとヴァレリウスもそう思ったのでしょうね……そして、自分が……あのかたの、失われたお母さまの愛情をかわりに注いでやれると信じたんですわ」

「そうかもしれん。いずれにせよ、病んだ話だ。石の都の人間にしかないような話だな」

「ええ。石の都の……石の宮殿のなかで、ひんやりと冷たすぎる石づくりの豪華な宮殿のなかで……私たちはきっとみんな、あなたからみれば我慢ならぬほど病んでいるのだと思いますわ」

「……」

「でももういいんです。何もかも──もう何もかも終わったんだから。……私はあなたと……リギアはスカールさまと石の都の国を出てゆきます。もう二度と戻ってこない……父の死を確かめて、父に手向けのロウソクの一本なりとそなえたら、私はそのまま、あなたとくつわを並べてこの世のはてまでゆきますわ。もう戻らない」

「ああ」

スカールは短く答えた。外は明るくなっていたが、天幕のなかは暗く、ゆらゆらと揺れるロウソクのあかりだけが、そのなかを照し出していた——もっとも、天幕の布をすかしてさしこんでくる朝の光のおかげで、同じ暗いといっても夜の暗さとはまるで違ううすあかりがそのなかに満ちていたのだが。

「俺といっしょに来い。俺にももう、ふるさとも国も俺の民もない。俺は自由だ。お前も自由になれ。——それが一番いい」

3

なんとも形容のしようもない、奇妙な沈黙と――そしてざわめきにみちた時間、沈黙のざわめき、きわめて騒々しい静寂、とでもいったものが、アレスの丘周辺にずっと流れていた。じっさいには、人々はひっきりなしにざわざわとひそひそ話をしたり、落着かなく動き回ったり、指示がどうなるのだろうとささやきあったりしていたが、その声は決して大きくなることはなかった。そのこと自体が、何かひどく奇妙な圧迫感をその沈黙の結界のなかにいるものすべてに感じさせた。

「ヨナさま。――クリスタル義勇軍の特に熱狂的な陛下の心酔者だった者が数人、陛下のあとを慕って服毒自殺をとげた、という報告が参っております」

ヨナが魔道師たちを集めてなにやらしきりと軍議している、本陣の天幕にそっと入ってきて報告したのは、魔道師のタウロだった。

「そうか」

ヨナは驚いたふうもなくうなづく。

「数人というのは不正確だ。そういう報告のしかたをするなといってあるだろう。何人だか、正確に確認して報告するように」

「し、失礼いたしました。クリスタル義勇軍からの自殺者は、いまのところ八人であります。——カレニア騎士団でも、殉死をこころみようとした者が三、四人いたそうですが、これはそちらにおいでのローリウス伯爵閣下からのきついお達しで、そのようなことをしてもナリス陛下はお喜びにはならない、むしろ、陛下はわれわれを全滅から救うためにあのようにされたのだ、ということの意味をよく考えるように、というおふれが出ていたので、他のものがとめて、いのちをおとすにはいたらなかったということでございます」

「わかった」

「ヨナさま」

タウロが一礼して出てゆくのを見送って、そっとロルカがヨナのそばに寄った。つと肩に手をふれ、心話を流し込む。何か心話がかわされ、ヨナはロルカを見上げてかすかに目くばせするようなようすをしたが、そのまま、口にだしてほかの魔道師たちと、そして天幕のなかで、ぼんやりと魂が抜けたかのように座っていたローリウス伯爵と、サラミス公ボース、それにジェニュア街道からぬけだしていそぎ本陣に合流したワリス聖騎士侯の顔を見回した。そのうしろにも、ナリスがたにくみした有力武将やその副官たちが、軍議という名目で呼び集められはしたものの、何も考える力など衝撃とともに失ってしまった、とでもいいたげにみな同じようなぼんやりしたようすで座っていたのである。

「皆様」

ヨナはゆっくりともういちどその顔ぶれを見回すようすをすると、しずかに、さきほどから続けていた話題に話をまた戻した。

「思わぬ邪魔が入って失礼いたしました。——何のお話でしたか、つまりは、これから先のわれわれの動きのお話でございました。……先刻もお話し申上げたとおり、わたくしが、ナリス陛下よりじきじきにさいごのご遺言としてうけたまわったのは、『こののちはスカール殿下を総大将とあおぎ、その指揮に従って国王軍とたたかい、クリスタル・パレスを取り戻し、リンダ大公妃を救出したのち、リンダ大公妃を正式にパロの聖女王として即位させるように』というご希望です。——しかし、スカール殿下は、ナリス陛下のご遺骸の前で、それはしたくない、できない、する気もない、と非常にはっきりとおおせになりました。もちろん、さらに何回も殿下にわれわれの軍をひきいて下さるよう、交渉は続けるつもりでいます。しかし、私のみたところでは、スカール殿下はかなり意志堅固なおかたですし、このことについては非常にはっきりとした意志をおもちのように感じられます。——もとより、殿下を動かせるのは、ナリス陛下そのひとをおいてはめったにない、というのはもう、われわれ周知の事実となっておりました。だがその陛下はもはやおられませぬ。スカール殿下とご懇意なリギア聖騎士伯に説得をお願いしてみようかとも思いますが、リギア聖騎士伯はいま、非常に取り乱しておいでになるのと——スカール殿下に、そのようにはたらきかけることそのものにご賛同下さるかどうかがもうひとつ確信できません。むろん努力は続けてみます。——というようなことですから、もし万一スカール殿下にお引き受けいただけなかった場合、という問題も含めて考えておかなくてはなりません。方法はいくつかあります」

ヨナはまわりを見回した。みな、ぼんやりとしているばかりで、何も返答しようとしない。本当に、すべての魂を抜かれてぬけがらになってしまった人間だけを集めたかのように、大勢の武将が集まっているというのに天幕のなかは異様にしずかだった。

天幕の垂れ幕がそっと声がかけられたのちにあがった。みなはのろのろと首をまわしたが、入ってきたのがクリスタル義勇軍をひきいるカラヴィアのランだったのをみると、またのろのろともとどおりに首をうなだれた。そして、もうこの世のすべてに何の興味も未練ももてない、というふうにうつろな顔でヨナのことばのつづきを機械的に待っていた。

入ってきたランのほうは、少し前にナリスの遺骸に拝礼したときよりは多少、正気をとりもどしたかに見えたが、それでもまだかなり目がすわっていた。何もいわずに、一番うしろの、あいている席に腰をおろす。ヨナはゆっくりとそこから目をそらして、何ごともなかったかのようにつづけた。

「方法はいくつかあります。――方法、というよりも、とるべき道、といったほうがよろしいでしょうか。――ひとつは、陛下のみ心をつぐべく、どなたかを正式にナリス陛下軍の総大将と総意の上で決め、そのかたに軍の総指揮をお願いすることです。そしてあくまでもナリス陛下のご遺志をついで、このまま戦い続けてパロをキタイの陰謀からとりもどすために戦ってゆくことです。そのさいにはまた、カレニアを本拠としてカレニアへ陛下のご遺骸をお運び申上げ、そこを中心にこののちの戦いを展開してゆく、あるいは陛下のご遺骸をマルガなりクリスタルなりに埋葬し、そのままより戦いに有利なカラヴィアなりダネインなりまで転戦する、どこかの外国を頼る、などなどさらにいくつかの選択肢が生まれましょう。——もうひとつは、ナリス陛下がこのようになられた時点でわれわれのなすべき使命は終わったとみなし、反逆軍を解散し、それぞれの思いどおりにちりぢりになることです。それはむろん私などは気がすすみませんが……そのばあいには、そのような意志のあるものだけでさらにナリス陛下のご遺志をつぐために転戦するという可能性もありえましょう。そうでないものにはここから好きなところへかえしてやる、ということで」

「しかし、それは……」

たまりかねたようにローリウス伯爵が何かいいかけたが、しかしまた、うなだれて黙ってしまった。

ヨナは何もきかなかったかのように続けた。

「もうひとつは、国王軍に降伏し、武器をすて、そのあわれみをこい、レムス王のもとにくだること——むろん、われわれ指揮官たちはそのさいにも、責任をひきうけ、処刑は覚悟せねばなりますまいが——しかしこういう道もあることは確かです。方法としてはこの三つがもっともありうべきもので、あとのものは奇手妙手のそしりをまぬかれないようなややこしいものになってしまうだろうと思います。——他に、こんなよい方法があるではないか——ナリス陛下のご遺志をつぎながら、しかもわれわれ自身のためにも最良ではないか、と考えられる方法があるならば、ぜひともここでそれをわたくしにご教示願いたく存じます」

「ヨナどの」

のろのろと、これを口にしてもいいのだろうか？　と不安がるかのように、おもぶせりに口をひらいたのは、サラミス公ボースであった。フェリシア夫人の弟であり、十年ばかり前に父のあとをうけてサラミス公となった彼はまだ壮年になったばかりのいかにもおだやかな、誰にでも好感をもたれる大貴族らしい風貌の男であった。天下の美女、いっときはパロ一番の美女と呼ばれたフェリシア夫人を姉にもつほどのことはあって、端正で上品な、かなりの美男子といってさしつかえのないととのった目鼻立ちをもつ、かっぷくのいい好男子である。

「そのう、このようなことをうかがうのを許していただきたいが――その、これは決してヨナどのを、参謀長として信頼しないという意味ではない。なんといってもそれを任命なさったのはナリス陛下であり、そうである以上われわれはその参謀長のご判断には全幅の信頼をおいているのだ、ということは理解していただきたいが――ヴァレリウス伯爵は、どうされているのだろう？　もともとは、この謀反についても、ナリス陛下とヴァレリウス宰相とがかたらって、というか、お二人が中核となられての謀反だったと姉よりきいている。――このいくさの途中より、ヴァレリウス伯爵は杳として行方知れずにおなりになったという奇妙な話もきいたし、そののち、いったんあらわれた、という報告もあったが、それきりになっているというのは――差し支えなければ、同志であり、味方である我々には正確な情報を与えていただきたい。ヴァレリウス伯爵は、現在どのような状況におかれておられるのか？」

「そのご質問は、まことにごもっともであると存じます」

ヨナはたじろぐようすもなく答えた。

「むろん、わたくしは若輩者でもございますし、ナリス陛下のおそばづかえとしておひきたてをいただいてから、まだまったく日も浅くもあれば、実績も残しておりませぬ。それにひきかえヴァレリウス閣下はもうずっとナリス陛下ともども、この謀反の首謀者のおひとりであられました。——が、まことに申し訳なきかぎりながら、ヴァレリウス閣下の現在の状態、と言うのは、わたくしからはなんとも申し兼ねます。口にすることができないというのではなく、実のところまったくわからないからです。——ヴァレリウスさまは、ご存じかと思いますがいったんはクリスタル・パレスのキタイ勢力にとらわれ、そののちどのようにしてかそこを脱出なさり、そしていったんそのときにはこちらにお戻りになりました。が、またすぐ、そこからそのまままいずこかも知れぬ場所へ出発してゆかれたのです。そのおり、陛下にいわれたことは、このいくさを勝利に導くべく、謎の大魔道師として知られたアグリッパを探しにゆく、ということでありました。が……」

「アグリッパなど、伝説だ！」

思わず、といったようすで、激しく顔をあげて云い切ったのはランだった。ランは、蒼ざめた顔で、まるでヨナがそのヴァレリウス当人ででもあるかのように盟友をにらみつけた。

「三千年生きていた人間など、いかに大魔道師といえどもいるわけもなければ、そのようなものを捜し当てるなどというこころみが空想的な狂気の沙汰以外のものだとも思われぬ。こんなさいに、ヴァレリウス閣下はいったい何をしにどこへゆかれたのだ。もし本当にアグリッパを探しにいってしまったというのなら、みすみす、ナリスさまを——このような状況のなかにおいて、まるで……」

ランはことばにできぬほどの激情がつきあげてきたかのように口をつぐみ、くちびるをはげしくかみしめた。

「そのお疑いもごもっともでありますし」

なにごともなかったかのようにヨナは続けた。

「また、さらに、もっと重大な疑いをも、わたくしは実は抱いておりました。——それはほかでもない、いったいなぜ、ヴァレリウスさまはクリスタル・パレスから脱出できたのだろうか、いったい誰に助けられて脱出できたのだろうか、ということです。——それは確かにヴァレリウスさまはすぐれた魔道師ではおありだと思いますが、しかしパロで一番すぐれた魔道師だというにはまだ……その、つまりは、要するに上級魔道師でおありなのにすぎないし、それに対してかのキタイ王は……決してヴァレリウスさまの力を誹謗するわけではないが……」

「そのようなお心づかいはご無用です、ヨナさま」

ロルカがしずかに口をはさんだ。

「われわれ魔道師にとっては、そのようなみせかけの面子などは存在しません。ただ、冷酷無比な、結果としての力の測定があるばかりです。確かにヴァレリウスは力のない魔道師ではありませんが、キタイの竜王はとてつもない術者だと我々は考えております。それにとうていー、ヴァレリウスが対抗できようはずはありません。まして、クリスタル・パレスの内部となれば、竜王のみならず、その配下の魔道師たちもみないるはず。まず、ヴァレリウス個人の力では脱出することは不可能でしょう」

「ありがとうございます。ロルカどの」

ヨナは丁寧に頭をさげた。

「――と、ロルカどのからもおことばをそえていただいたように、ヴァレリウスさまのこのたびの行動には、多々不審な点がありすぎます。もっともかんたんにいえば、ヴァレリウスさまがクリスタル・パレスから脱出して、ナリスさまのもとに戻ってこられたのは、たぶんヴァレリウスさまご自身の力ではなく、あちら側の策略によるものではないか――もしかして、すでにヴァレリウスさまは、リーナス伯爵やオヴィディウス聖騎士侯がそうなられたように、相手方は『魂返しの術』により、人間の精神をあやつったり、死者をさえ自由自在に傀儡としてあやつる方法を持っている。その手中に陥っているのではないかという危惧がひとつ、また、このように重大なさいに、おからだのご不自由なナリス陛下をあとにのこしていずことも知れぬ伝説の魔道師を探して旅立ってしまう、などということは、それはもしかして、まったく口実にすぎず、ただナリスさまにその魔道の力を貸さないですむための……」

「つまり、いずれにしても、ヴァレリウス宰相は、すでに敵方にとりこまれているかもしれない、ということか」

ずけずけとボースがいった。そのおもては蒼ざめていたが、さきほどよりはかなり、はっきりとした意志の力が戻ってきているようにみえた。たぶん、その力を取り戻すきっかけになったのは、ひたひたとわきあがってきた怒りのゆえだったのだろう。

「私にせよ、どうも話のなりゆきがおかしい、のみこめないと思っていた。誰もヴァレリウス卿についてはまるでいってはならぬ禁句でもあるかのように、どうしているのか教えてくれようとしなかったし、伝令もなにひとつそれについては告げないし——だが、そういうことならば、よくわかった。では、ヴァレリウスのことはもう、頭のなかから除外して考えたほうがよいということだ。いや、逆に、敵の一部としてちゃんと計算したほうがいいのかもしれないが——だが、まだこの場にあらわれてもいないし、どうはたらきかけるということもない以上、いまはまったく除外しておいていいのではないかと思う。ならば話は早い。——ヨナどのが全面的にこの場合には参謀長、ナリス陛下のご遺言をさいごにきかれた人間として、ナリス陛下のご遺志を知っておられるということだ。ヴァレリウスがあとから出てきてどうこう指図するとしてもそれはもうよそのこと。——私は、せっかくこうして姉ともども遠いサラミスからここまできたのだ。たとえナリス陛下にどのような——その、どのような悲劇的なことがあったとしても、いまなお我々の忠誠はただひとつナリス陛下の上にある。我々は陛下のご遺志に従いたいと思う。それが、姉ともども決定した我々の気持だ」

「そのおことば、そのお志、まことにかたじけなく受け取らせて頂きます」

ヨナは丁寧に頭をさげた。

「では、陛下のご遺志の第一といたしまして、私はこののち、陛下のご遺骸をお守りしてカレニアへと撤退し、一方スカール殿下を説得してなんとか軍の総大将をお引き受けいただき、そしてリンダ陛下救出の任をひきうけていただいて、リンダさま救出のなりました折にはリンダさまを聖女王に——という方向性でやってゆきたいと思っています。サラミス公閣下もそれにご賛同下さいますか」

「いかにも。陛下をお守りしてカレニアに撤退する側であれ、スカール殿下ともどもこののちも国王軍と戦う側であれ、それはヨナどののよろしいと思われるように配置されるがいい。あるいはまた、カレニアではなく、わがサラミスを陛下のおくつきどころとして選んでいただけるというのならば、むろん、サラミス公として責任をもって、陛下をお守りしてサラミスをめざし、サラミスに陛下の……立派なしかるべきみささぎを——」

いいさして、ふいに、サラミス公はなんともいえぬ奇妙な表情で口をつぐんだ。

一同はどうしたのかとサラミス公を見守る。ボースは奇妙な、のどに骨でもひっかかったような顔つきでその皆の視線をうけとめた。

「お恥かしい」

彼は低い声でいった。

「陛下のみささぎ——そういったら、はじめて……なんだか、愕然とする思いがした。……ナリスさまが、あのナリスさまがもうこの世におられない——いずれ、埋葬され、みささぎに、墓どころに永遠におやすみになる……そんなことが、本当にあろうとは……まだ信じられぬ思いがして……私はサラミスを守って、あまりクリスタルへは出てくることもなかったし——姉経由でお話をうかがうばかりだったから、なおのこと——このたびの反乱のことがはじまってからも、ついに一回もナリスさまにお目にかかって、直接『陛下』とお呼びかけする機会とてもないままで……」

「ボースどの……」

「私には、どうも、その、いまだにきっと……信じられておらぬのだな。あのやすらかなお顔を拝見してもまだ……なお、どうしても……眠っておられるようにしか……見えなんだし……私はそもそも、お元気でいまをときめいていられたころのナリスさまにしか、お目にかかっておらぬゆえ、おみ足のこともぴんとこないし……まして、それが急に、このような——それはなおさら……」

「……」

ひとびとは、なんとなくうつむいた。

その思い——(まさか!)(そんなことが——!)という思いは、すべてのものたちのなかにいまなおひとしなみにある——ヨナだけは別だったかもしれないが。それだけに、誰も、サラミス公のそのことばに、あらためてその信じがたい思いをかきたてられなかったものはおらぬようだった。かれらはみな、おのれの中にあるナリスの生前のおもかげがまざまざと立ち返ってくるのを見るかのように目をふせ、あるいは目をとじて、そっとおもてをそむけた。

ランは、膝の上に突っ張った手をこわばらせ、くちびるをかみしめてかたく目をとじた。すべての感覚も、ひとの声も流れ込んでくるのをできればすべて拒否してしまいたいかのように見えた。

「折角のお申し出を頂戴いたしましたが、わたくしといたしましては、とりあえず――まずは何をさておき、ナリス陛下のみささぎを制定することこそ、われわれの精神的なよりどころになるものと考えております。そして、ずっとナリス陛下のために尽くしてくれてきた、カレニアのひとびとの心情を思いますと、ナリス陛下はカレニアに眠られるのこそご希望ではないかというような気もいたします。――が、カレニアはカラヴィアに国境を接しておりまして……カラヴィア公がもしも、陛下のご崩御にあたり、国王軍にくみすると決定した場合には、きわめて危険な場所ともなりえます。――それで、考えたのですが、カレニアの反対隣はまさしくサラミス公領に接していること、で、カレニアの北部、サラミスとのちょうど国境をひかえたあたりに、確かマルシア山というひっそりとした森のなかの山――というよりちょっと高めの丘をひかえたしずかな町があることをきいております。――で、そちらを目当てに、サラミスとカレニアが両側からお守りするようなかたちでみささぎを作ってはいかがかと思っておりますが、いかがなものでしょうか、皆様――特に、サラミス公どの、カレニア伯どの」

「むろん……私には何の異存もない。いまいったとおりだ」

ボースはうっそりと答えた。ローリウス伯爵は驚いたように目をあげた。

「もちろん、私にも何も……カレニアに陛下をお迎えできるのは光栄……」

いいさして、ふいに、ローリウス伯爵はたまりかねたように両手で顔をおおった。

「なんということを、われわれは話しているのだろう。まるで……何もかも悪い夢のようだ。こんなことばを口にするために、私はカレニア軍をひきいて勇躍都にのぼってきたわけではなかったはずです。……私は……私は、陛下が落命されるときには、必ず私もカレニア軍の勇士たちもろともご一緒にと……最初から、剣の誓いをお捧げしたときから……」

ローリウス伯爵はそのままうつむいて両手で顔を隠したまま、嗚咽をこらえた。

ほかのものたちも妙な顔をしてそっぽをむいた。いずれ劣らぬ戦士たち、魔道師たち、つまりはおのれの感情を律することにきびしいものたちだけに、手ばなしで号泣することもプライドが許さない。その分、胸にわだかまる煮えるような理不尽の思い、無念の思い、不信の思いはつよくあったのかもしれぬ。たまりかねたようにかすかな声をもらすものもいたが、すぐにおのれの袖をかんでこらえた。

「よろしゅうございます」

ヨナひとりが、まるで何ひとつ感情というものを持ち合せぬかのようにしずかであった。

「それでは、カレニア領マルシアを当面のわれわれの目的地として……部隊をふたつにわけ、陛下をお守りしてカレニアにむかう隊と、そしてここに残り、その陛下のご遺骸を追撃して奪おうとするであろう国王軍をはばみ、かつクリスタルを奪還する使命をもって戦う本隊とにわけさせていただきましょう。その編成も、このヨナ・ハンゼがさせていただいてよろしくありましょうか」

皆の頭がのろのろとうなづくのをみて、ヨナはかるく頭をさげた。

「有難うございます。——何か？」

天幕の扉があいて、伝令の魔道師が入ってきたのだった。魔道師はヨナたちの前にすすみでて膝をついた。

「ジェニュアのルナン聖騎士侯軍よりのご報告を持って戻りました。ジェニュア街道にて、ベック公ひきいる追討軍の主力と対峙しておりました、ルナン聖騎士侯のもとに、ナリス陛下ご逝去の報をきき、ベック公より、武器をすて降伏するようにとの再三の勧告の使者が参っております。ベック公軍は、その勧告の効果を期待し、朝とともに総攻撃のかまえを見せておりましたが、兵をひかえ、ルナン侯の決断をまつようすになっております。——そしてこちらにルナン侯からのご口上が……お読上げしてよろしくありましょうか」

「ああ。そうして下さい」

「われルナン、唯一にして至高なるアル・ジェニウス、アルド・ナリス陛下ご崩御の報に接し、いまははやこれまでとの決意を固めたり。降伏の意志さらになければ、これより希望者をつのりクリスタル・パレスに突入、あらゆる妨害をこえ、リンダ大公妃陛下救出の途につく決心。救出できればよし、かなわぬときには、ルナン生還の可能性はなきことなれば、わが死後は娘リギア聖騎士伯の忠誠をたのみそうらえ。アルド・ナリス陛下万歳。聖騎士侯ルナン」

4

「………」

ひどく重苦しい沈黙がおちた。

誰もが、おそらくそうなるであろうと思っていた結果ではあったが、こうして目のまえにつきつけられてみると、なんとも形容のしようのない重苦しいものが誰の胸のなかにも鉛のように落ちてくる思いがあった。もとよりルナンは、若いうちから、反逆のアルシス王子にくみし、ただひとりアル・リース王家にたてついた、反骨の将でもあれば、またルナンにってはアルド・ナリスこそわが子とも、ただひとりの神とさえいうべき存在でもあったことは、誰もが知っている。

それに、このところ年齢をかさねるにしたがって頑固と偏屈との度合いを加えてきたルナンのことであれば、ナリスの死、というような事実を前にすればどのみち、生きて戻ろうとは決して思わぬであろうとは、これまた誰もが思っていたことであった。

だが、面とむかってその決意をこれほどはっきりと告げられてみると、かれらの誰もが、まるでそうせぬおのれの忠誠の欠如を非難されているかのような——同時に、もはや至高の忠誠を通り越して頑固と老耄の域に入ってしまった老人を見るような、なんとも落着かぬ慚愧に似たものを覚えたのである。

「ヨナどの……」

ためらうようにボースがいった。

「その……ルナン侯救援……の必要はあるだろうか？　いや、むろんその……必要がないといっているのではなくて、つまり……その、ルナン侯をおとめするなり……あるいは、援軍を出して……救出しなくてはいけないのではないかと――いや、軍師ではない私がこのようなことを考えるのは、さしで口になるのかもしれないのだが……」

「さようでございますね……」

ヨナは青白いおもてにかすかな微笑――というよりも苦笑に似たものを一瞬ただよわせた。

「ナリスさまは、このような展開も予期しておいでしたから……かたく、かまえておのれのあとを追って無謀な殉死や、殉死目的の戦闘に入るものはないように、と言い残しておいでてでございましたが……ルナン侯については……お立場がほかのかたとはまたかなり違われますし……気性もああでいらっしゃるし……」

「といって、このままルナン侯がまさしく殉死というかたちで敵軍の本拠に突入し、玉砕するのを、お見捨てするというわけにもまいりますまい」

ローリウス伯がためらいがちにいった。

「よければ……私が兵をさいて、ひきいて参ります。……むろん私たちだけの力でリンダ陛下の救出がかなうわけもないとは私も思いますゆえ、深入りはできればしないように、充分に気をつけて……ただ、ルナン侯を救出するのを目的として……」

「いや、ルナンどのは、大人しく救出されるかな」

ずっと黙り込んだままだったワリス聖騎士侯がぼそりと口をひらいたので、皆ぎくりとしてふりかえった。

ワリス聖騎士侯はルナンの聖騎士侯仲間でもあり、他の人間よりもかなり年長で、ルナンのことも長いつきあいで知っている。それに、ずっと、ルナンともどもジェニュアのその陣中にあり、ナリスのこの急な知らせをきいて、いそぎこちらに戻ってきた、という事情もある。そのおもてには、つよい苦渋の色が漂っていた。

「あの人は、云い出したらきかれぬ人だし、これは……ことはナリスさまのおいのちにかかわっている。あの人にとってはこの世で大切なのはただひたすら、ナリスさまとパロ、それだけだったのだから……こう申してはなにですが、まあこの席には、娘御のリギアどのもおられぬゆえ、率直にいわせていただくが、ルナンどのにとっては、もうこうなった以上殉死のほか、幸せの道はないのかもしれません」

「………」

思わず――

一同は沈黙した。その思いは誰の胸のうちにもある。とめても無駄ではないか、とめたところで仕方はないのではないか、止めてはかえって気の毒なのではないか――だが、ここで止めずに死なせては、寝覚めが悪い、という思いもあれば、ともかく止めておかないとていさいがわるい、というような考えをもつものもいよう。皆の目が思わず、助けを求めるようにヨナのほうにむけられる。だが、ヨナのほっそりした青白いおもてはみじんもゆるがなかった。

「はっきり申しあげて、いまルナン侯が持っておいでの兵力では、とうていクリスタル・パレスに突入するなどという無謀が可能なはずもありませんし、また、侯の軍が動き出せば、降伏をすすめて兵をひいているベック公といえど放置するわけにもゆきません。まず、ルナン侯軍が、クリスタルに入ることさえも不可能だと私は思います」

しずかにヨナはいった。

「そしていま、我々のなすべきことは一に陛下のご遺骸をカレニアに安置すること、そして二に、態勢を立て直してこのさきも陛下のご遺志をついで戦い続けることだと決定した以上、私は軍師として、一方の軍勢がそのように無駄に兵力を失う行動に出るのを愚だと思います。そのことは、ルナン侯あてに伝令を送って厳しく申上げておきます。本当は、現在、もっともそうしていただきたい方法は、ルナン侯に、いつわりでもかりそめでもかまいませぬゆえともかく降伏を受入れたとよそおい、折をみてベック公軍から脱出し、こちらに、可能なかぎり多数の兵力をつれて合流していただけることです。——ワリス侯がお戻りになるとき、ご自分の聖騎士団を連れて戻って下さったので、私は非常に安堵いたしました。じっさいにはルナン侯騎士団のほうが人数は多いとはいうものの、それでもそのなかで突入などという無謀な玉砕戦法についてゆく気になるのは全員ではありますまい。だとすれば、それ以外のものたちは降伏するか、あるいは逃亡するかということになりましょう。ここまできて合流してくれるものはきわめて少ないと思います。それを思うと、私としては非常にその――ルナン侯にもうちょっと、考えて行動していただきたかったと思うのはやまやまなのですが……」

ヨナはしかたなさそうにことばを切った。それから首をふってまた続けた。

「しかし、ともあれ、いまそれを云っていてもはじまりません。が、いまの我々にもそれゆえ、兵力は死活問題です。カレニア軍をさいてルナン侯救出にあてることも、援軍とすることも、サラミス軍、ましてやスカール軍をさくことも問題外です。が、ルナン侯軍がそこで――ジェニュア街道でベック公軍と戦っていてくれる分には……我々が大急ぎで動き出せば、それはとりあえず、多少の防衛線という役目をはたすことになりましょうから……我々はただちに動き出さなくてはならない」

「な……」

ワリスはちょっとけしきばんでヨナを見つめた。

「それでは、軍師どのは……ルナンどのをいわば、我々が陛下のご遺骸を守ってカレニアへむかうための犠牲にしようというお考えか。――いや、軍師である以上、当然かもしれぬとは、わからないわけではないが、しかし、無情なものだな」

「無情、だとは思いませぬ」

ヨナは淡々と答えた。

「情がないわけではございませんから。ただ、私の論理は、私の情よりつねに強いのです。非情、かもしれませんが」

「非情も無情もわれわれ凡人にとっては同じことだよ。だが、ヨナどの、だからこそそなたをナリスさまはこよなくご信頼されていたのだろうとは、私も思わないわけではない」

ワリスは肩をすくめて立上がった。

「では私も兵をまとめる。そしてヨナ軍師からの命令をまつことにする。こうなった以上、どのように動けといわれようと、それに従う以外あるまい。私は、カレニアゆきでも、ここで戦うのでも、ルナンどのを助けにゆけといわれるのでも、かまわぬよ。もう、いまとなっては、ナリスさまなきあと、生きた心地も半分がたなくなってしまった。生きのびる楽しみももうなにもない。私のいのちも、からだも、兵士たちも、どうにでもするがいい、というような気持だな。私は」

「……………」

「わ、私もヨナさまのご命令をおまちしていつなりと兵が出せるようにしておきます」

あわてたようにローリウス伯爵がいった。

「それがしも」

いくぶんむっつりとサラミス公ボースがいう。

「ほかのものも、みな異存はないのだろう」

「ございませぬ」

「我々も同じく」

口々に、賛同の声があがった。ヨナはそちらにむかってさらに丁重に頭をさげる。

「あとはただ、スカールどのをヨナどのがときふせればよいだけのことだな。では」

ワリス聖騎士侯につづき、立上がってボースが出てゆくと、ローリウス伯爵も、その副官たちもそれにならった。

ヨナはそちらをもう見向きもしなかった。

「ロルカどの。ただちに、ルナン侯のもとにむかう密使を用意していただきたいのですが」

「心得ました」

「魔道師で……できれば上級に近いものを……」

「それも、心得ました」

「私はスカールどのの説得にかかりますが、いずれにせよ、陛下のご遺骸はただちに移動の準備にかかりましょう。もう、この上ここにとどまっている理由はなにもなくなった。ただちにカレニアへむかいます」

「了解いたしました。我々もその準備を」

「全軍にほどなく指示を出しますので、伝令部隊を私がよびしだい動き出せるように待機を」

「は」

「では、スカールどのにお目にかからなくては……」

「それには及ばぬ」

はっきりとした声であった。天幕の入口から、ずかずかと入ってきたのは、スカールであった。そのうしろにリギアがひっそりとひかえている。

「こちらから参った。俺は草原に戻る」

「スカール殿下……」

「大体のようすは、小姓から報告を受けたが、俺はやはり総大将としてパロ軍をひきい、パロのために戦うつもりなどない。そんな義理はパロに対してさらさらないし、俺のほうは俺のほうで、もうこうしてここまできたことでナリスへの義理も果たしたし、そのことで俺はアルゴスへの義理を裏切った。もう俺はアルゴスの黒太子ではない。もともと王太子は退隠したが、もはやこのように祖国を裏切り、兵を動かすなという国王の明白な命令にそむいたからには、俺は裏切者だ。アルゴスに戻ることはできぬ」

「………」

「それだけの犠牲をはらってやれば、ナリスのための義理は充分すぎるほどはたしたといえるだろう。この上の義理はない。俺は草原に戻る。というか、ここから出てゆく。うちの部の民だけは連れてゆくが、ほかのもので、こちらに参加したいものはおいてゆく。それから、この女は俺とともにくるというので、俺が連れてゆく。異存はないな」

「リギアさま」

ロルカがうっそりと云った。

「いま、ルナン侯よりのご報告が……」

「きいていたわ。天幕の外で」

リギアは云った。そのおもては青かったが、表情はむしろ、先刻よりずっと明るくさえなっているように見えた。

「仕方ありません。父には父のとるべき道があり、私には私の道があるのだと思います。私もまたこれまでナリスさまに私の青春も、女としての一生もすべて捧げてお仕えしてきました。私も、ナリスさまにもう充分すべてを捧げたわ。ナリスさまなきあとは、父はそのいのちをナリスさまに捧げるしかないのかもしれないし、私はこれからは、自分のために生きてゆく人生を送りたいと思うの」

「リギアさま」

何かいいかけるロルカを制して、ヨナは静かにうなづいた。

「どうぞ、ご自由に」

「しかし、ヨナさま」

「リギアさまのおおせはごもっとも、というよりも、他の人間がかれこれ口を出すようなものではないと存じます。どうぞ、ご随意になさって下さい。リギア騎士団の騎士たちについては、こちらでそれぞれ適当に大隊にふりわける、ということでよろしゅうございますね？その点だけ、騎士団のかたたちに徹底させていただければ結構です。リギア騎士団よりお連れになろうという人はいないのでしょう?」

「そんなもの、いやしないわ」

リギアはなんとなくヨナが苦手な思いがずっとつのってきているようであった。多少反抗的に答えるのを、ヨナはまたしずかに頭をさげた。

「結構です。では我々もいろいろと準備がありますのでお引き取り下さい。しかし、スカール殿下については別です」

「俺は、お前の思うように動かされることはせんといっているだろう」

むっつりとスカールが云った。

「ナリスでさえ、俺を動かすには何年もかかったのだ。まして、お前ごときにこの黒太子スカールを動かせると思うか」

「動かすつもりはちっともありません」

ヨナは平然といった。

「しかし、待っていていただきたいだけです。——というか、どうせダネインにおいでになるのでしょう。だったら、そこまで、いや、ダネインとカレニアの分岐となる、マルガのあたりまで、我々と同行していただきたいのです。これはお願いです。むろんその間に追手がかかって、戦闘が開始されたとしても、スカールさまの軍勢に参戦してくれ、とは申しません。ただ、我々と同行し、あるいはちょっと先にゆかれてもかまいませんので、ご一緒にいっていただきたい、それだけなのですが」

「ヨナどの」

いぶかしげに、ロルカが顔をあげてヨナを見た。ヨナは素知らぬ顔をしていた。

「小賢しいことを」

スカールは不平そうにいう。

「小型ナリスのような真似をしたところでどうなるものでもないぞ、軍師。——俺がいれば、俺がその軍をひきいているように見えるとでもいうのか。そんな小細工で何がだませる。第一、俺はまだダネインにゆくとは決めておらん」

「ナリスさまのご遺骸が万一にもキタイ勢力の手にわたると、たいへん悲惨なことになります」

ヨナは云った。

「すでにお聞き及びかと思いますが、キタイ王は、魂返しの術をつかって、いったん死んだ人間たちを——リーナス伯やオヴィディウス侯などまでも、動く屍の怪物ゾンビーとし、それをあやつってひとと戦わせたりしております。ナリスさまがおいのちをみずから断たれたのは、その知っておられる重大な機密、パロの古代機械の秘密をキタイ王から守るためでした。——しかし、ナリスさまが、キタイ王の黒魔術によって、ゾンビーとして操られ、動き回るおすがたなどを、見たいとお思いになりますか、スカール殿下。——私が、なんとしてでもナリス陛下のご遺骸を一刻も早く安全なカレニアに運び、埋葬したいと焦っているのも、ひたすらそれゆえなのです」

「……」

スカールは、思いもよらぬ痛いところをつかれたかのように、ぐっと唇を結んで黙っていた。

それから、にがにがしげにヨナを見た。

「俺も、そのようなナリスは確かに見たくない」

吐き捨てるようにスカールはいった。

「それはまさしく冒瀆だ。——が、そもそも草原の人間にとっては、それは黒魔道のどうの、という時点であやしすぎて、まったく好感がもてん。いや、好感がもてんどころか、いやでいやで吐き気がするほどだ。しかたがない、リギア、お前の気持はわかるが、こやつにどうやらだまされたらしい。ナリスのなきがらを守るやつらがカレニアへつくまでは、我慢して同行してやることにする。それでいいか」

「あなたさえ、ご異存がなければ、わたくしはどうにでも」

リギアは、まるで、おのれの考えなど持ったこともないおとなしい町の女ででもあるかのように、にっこりと笑って答えた。スカールは肩をすくめた。

「女もそういう。では、カレニアまでは同行してやる。ナリスのなきがらを奪われそうになれば、俺の兵も貸してやるさ。俺とても、ゾンビーとやらの見苦しい怪物になったナリスと戦ったりするのは、何があろうとまっぴらだからな。ナリス軍が、オヴィディウス聖騎士侯のゾンビーひきいる軍と戦った話はきいたし、ローリウス伯爵とここまで同行するあいだに、リーナス伯のいきさつもきいた。パロはどうやらますますとんでもないところになっているようだ。——ますます俺としては気にくわん。なんとしても、できるかぎりすみやかにこの気色の悪い国から出てゆきたい。俺がお前たちに乗せられてやるのは、ナリスのゾンビーなどと戦いたくない、という俺の気持と、それから、お前たちとここで言い争っているよりも、一刻も早くここを動き出して、パロを出てゆく旅をはじめたいという、そのことだけだ。そのつもりでいるのだな。これで俺を騙していいくるめて味方としてどうでも動かせるようになったとだけは思ってはもらうまい」

「それはもう、肝に銘じております」

ヨナはしずかに云った。

「では、動き出すとき知らせろ。俺はおのれの部の民たちといる」

スカールはマントをひるがえした。

「リギア。ついてこい」

「はい」

二人が出てゆくのを、パロの魔道師たちは昏いまなざしでじっと見送っていた。

それから、ただちに、黒い不吉な影法師がいくつもうごめきだすように、かれらはゆらゆらと動きはじめた。かれら同士では、何もはっきりと口に出されたわけではなかったが、おそらくは、口にだされぬままに心話がとびかい、魔道師たちでしかわからぬ連絡が、密にかわされていたのにちがいない。またヨナにも、そのていどの魔道の心得は充分にある。

それは多少うさんくさくもあれば、またいかにも魔道の国パロの心臓部にいることを思わせる光景でもあった。魔道師たちは、それぞれに次々にヨナに近づいて、ヨナのさしのべた手にふれてはかるく頭をさげ、すっと消えてゆく。ヨナの手をとったときに、接触によって心話が送り込まれ、それによってヨナから指令をうけて動き出しているのだ。さいごの一人がそうやって天幕を出ていってしまうと、ヨナは、みずからも魔道師のひとりででもあるかのように、ゆらゆらと天幕を出ていった――もっとも、ほかの魔道師たちは《閉じた空間》で出ていったり、あるいはすっと地上から三分の一タールばかり浮び上がって出ていったりしたのだが、ヨナのほうはちゃんと自分の足で歩いて出ていったのだが。魔道師たちのように、黒い魔道師のマントに身を包んでいるわけではなかったが、黒っぽい長い衣類を身にまとい、マントをかけたヨナは充分にあやしく、魔道師の親族のように見えた。

ヨナは、しばらくカイと当直の騎士たちだけに守られて、もうでるものもなく放置されていたナリスの遺骸の安置されている天幕に影のように入っていった。カイはさきほどと少しもかわらぬ位置にじっとうずくまっている。ヨナが入ってきても顔をあげるようでもなかった。ヨナは、つと手をのばして、ろうそくをまたつけなおして祭壇にたむけると、そっと両手をそろえてヤヌスの印を切った。

「カイ」

しずかに声をかける。カイがびくりとして、ゆっくりと首をもちあげる。

「ナリスさまを、カレニアにお連れする」

ヨナは云った。

「いますぐ、ありあわせのものしかなくて申し訳ないが、外棺を用意して、ナリスさまをお寝かし申上げて……季節はそれほど悪くはないが、万一をおもんばかり、いろいろと薬などの処理をしてから、御座馬車でカレニアにむかう。——主力の三分の二はここに残って、追撃してくるであろう国王軍を阻止するが、カイは当然ナリスさまをお守りして馬車に同行するのだろう」

「はい」

カイはにぶい声でつぶやいた。何ごとにも興味を失ってしまったかのようにつやのない、生気のない声音だった。

「それは、私はもう、ナリスさまをお守りし、お世話するのが役目でございますから」

「外棺と内棺の二重にするのがパロ聖王家のしきたりだが、いまの場合そこまでのものが用意できるかどうか、急場のことだし、受け合えない」

ヨナは相変わらず無表情に続けた。

「ともかく、なかには匂い消しの花をしきつめなくてはならないし、それから、没薬を大量に用意しておかなくてはならない。いろいろと揃えてもらうものがある。それに、お召物もこのままではパロ聖王としてあまりに粗末だ。いろいろしてもらうことがあるから、私といっしょにきて欲しい。しばらくは、ここは誰もくることはないと思うし、護衛と当直だけで大丈夫だろう」

「はい。ヨナさま」

機械的にカイは答えて、立上がって影のように出てゆくヨナにしたがった。

天幕のなかはしんとした。――さいぜんから、何もかわったとは思われない。ひっそりとしずまりかえった天幕のなかは、相変わらず、たくさんのろうそくがゆらゆらとゆらめき、そのろうそくのあやしい灯りにだけ守られて、ひっそりと祭壇の上に黒い布につつまれて顔だけあらわれているナリスがよこたえられている。

眠っているようにしか見えぬそのおだやかな静かな顔にろうそくがゆらめく影をおとし、天幕のなかは、やはり、もうすでに太陽は高く中天にあがる時刻であるにもかかわらず、真夜中のように暗くひっそりと妖しくしずもっていた。

と――

ふいに、空気がゆらめいた。

それは、あるいは、魔道師にだけしか感知しえないものであったかもしれぬ。

が、確かに、空気がゆらめき、そして、ゆるゆると凝縮しはじめる気配がたった。それはまさに、魔道師が閉じた空間を使ってあらわれてこようとするとき、最初にあらわれてくる気配そのもののように思われた。――しかも、黒々と濃い。かなりの《気》の力を感じさせる、強烈な力の存在が、あらわれようとしているのだ。

ろうそくのあかりが、まるでその《気》におびやかされたかのようにゆらめいた。衛兵たちが天幕の入口に座ったり、立ったりして歩哨をつとめていたが、ふしぎなことに、誰一人としてその気配には気づかぬかのようであった。

そのとき、衛兵が四人、入ってきて、そこに詰めていた兵士たちに交替を告げた。とたんにその《気》はあざやかに消滅してしまった。

「異常はないか？」

「ありません」

短いことばでひきつぎがなされる。ロウソクの炎はゆらゆらと揺れた。あいかわらず、何もかわったことはおこらなかったかのように、ナリスの青白い顔はやすらかであった。

第三話　波　紋

1

「なんだとォ？」

はたのものが、みな仰天して飛上がるほど、大きな声であった。イシュトヴァーンは、いきなり、手にしていた銀杯を床にたたきつけた。杯にはまだ半分ほども、アルセイス名物のつよい火酒が入っている。それが床にたたきつけられてぱっとあたりに飛び散った。

うかつにあわてて掃除に飛出しては、「俺にあてつけようというのか」と怒鳴られて不興をかうかもしれぬ。このところの、ゴーラ王イシュトヴァーンの気分の、むらの激しさは、側近たちにとっては、相当にいたたまらぬレベルに達しているのだ。小姓たちはあわててこそこそと目をみかわして、どうしたらいいのか目で相談しあった。

だがイシュトヴァーンはかまわなかった。それどころではなかったのだ。

「いまいったことをもういっぺん言え、伝令！　まさか、そいつぁ、ガセネタじゃあねえだろうな？」

「ガセ……そ、それは何のことでございましょうか、陛下」

うろたえて伝令はいったが、イシュトヴァーンの目がぎらりと光るのをみて、あわててくりかえした。

「は。クリスタルよりの密使の報告によりますれば、かねてよりパロ王レムス一世にたいし叛旗をひるがえし、クリスタルを拠点として反逆の内乱の先頭にたっておりました、クリスタル大公アルド・ナリス、いまはみずから唯一にして正当なパロ聖王を名乗っておりましたが、そのアルド・ナリス、ジェニュアよりカレニアへと転戦する最中、国王軍のまちぶせにあい、周囲をかこまれ、いまはこれまでと覚悟の自害によりさいごをとげたそうにございます！」

「覚悟の自害――」

イシュトヴァーンは、しばらく、なんといっていいかわからぬかのように、口をあいていた。

それから、いきなりあわてたようにかたわらの小卓を手さぐりしたが、さきほど杯をたたきつけてしまったのだから、当然杯のあろうはずもなかった。イシュトヴァーンはいきなり目をぎらつかせて怒鳴った。

「酒だ、酒。何をやってる。気のきかねえやつらだ」

「も、申し訳ございませぬ、陛下」

あわてて、小姓が新しい銀杯をさしだすと、イシュトヴァーンは飢えたようにその酒をすすった。片手の袖で口をぬぐう——一応、豪華な国王の紫のトーガを、上に羽織っていたのだが、そんなことは知ったことではなかった。

「本当なのか」

なおも、杯を手にしたまま、目をぎらつかせて、イシュトヴァーンは念をおした。

「本当に、本当なんだろうな。——もう一度、よく確かめろ。あまりにも重大すぎる情報だ」

「これは、クリスタルより直接、パロ関係者の発表ではなく、潜入して情報収集にあたっておりますわれらゴーラの手の者が報告してきた情報でございますので、かなりにおいて信憑性は高いかと思われますが……」

「にしても突然すぎるし……それにあの人は……」

イシュトヴァーンは口をとざした。のこりは、口のなかでの、誰にもきこえぬつぶやきとなった。

（あのひとは、そんなに簡単に自害なんか——覚悟の自害なんかする人じゃねえ……）

反射的に手がのどもとに這ってゆき、ちいさな水晶の護符をさぐっている。それはイシュトヴァーンのこのところの目につくくせであることは誰もが知っていたが、その護符のいわれについてはむろん誰も知ってはいなかっただろう。もともと、生まれたときに握っていたという玉石のペンダントをずっとかけていたので、何かあるごとにそれをにぎりしめて祈ったり、願ったりするくせが、最初からイシュトヴァーンにはついていた。そのペンダントを軽率にもどこかの女にあたえてしまってから、しばらく忘れていたそのくせが、ナリスにその護符をもらったことでごく簡単に復活した、というのが真相である。

イシュタール——彼自身の名にちなんで、そう名付けられた新都、もとはバルヴィナという古式ゆかしい名前で呼ばれていた、アルセイス郊外の小さな町——

それはいまや、かつてのバルヴィナしか知らぬものには、まったく想像もつかぬほどにすがたをかえてしまっている。

イシュトヴァーンが基本的に起居しているのはいまでは半々でこのイシュタールのほうであった。が、まだ、突貫工事でいかに急いだとはいっても、あまりにもイシュトヴァーンの計画は大々的で大規模なものであったし、人間の力でできることには、いかに金と人力を投入したところで限りがあるから、この新しい都も、まだ骨組だけしか完成していない、というようなところはざらにある。

イシュトヴァーンは、この新都の建設にいわばいのちをかけ、夢中になってみずから設計図をひいたり——といってもちろん、ちゃんとした図面がひけるわけではなかったから、それでもけっこう素人離れした絵を描いて理想のありようを建築家に示したり、ああでもない、こうでもないと夢を語り倒したりしていただけだったが、それでも、彼のなかには自分でもこんなことができたのかとびっくりするくらい、数々の夢だの、理想だのが存在していたのであった。そういうところが自分にある、というのは、イシュトヴァーン自身さえもよくわかっていなかったので、この新都建設についてはまったく彼も人も、自他ともに仰天するこ

とが多かったともいえる。

しかし、モンゴールから戻ったイシュトヴァーンが、夜も寝ずに打込んでいるのはまさにこのイシュタール建設であった。彼自身の名前にちなんだこの新しい都を、何から何まで彼の思いどおりの素晴しい首都にすること——それに、彼は、新しい非常な生き甲斐を見出したのであった。このところ、あいもかわらぬ酒の飲み過ぎと、そしておそらくそのせいも多多あったのだろうが、激しいむら気とかっとなると手のつけられない怒りようとでもって、部下たち、ことにいつもまわりにいる側近、小姓、近習たちを泣かせているイシュトヴァーンであったのだが、少なくともイシュタール建設計画にたずさわっているときだけは、まったくむら気でもなければ怒りっぽくもなく、よくひとのいうことをきき、真剣に考えて少しでも素晴しい都を作ろうと夢中になって目を輝かせていたので、もしかすると、いま現在、イシュトヴァーンに最大に私淑しているのは、あるいは建築家たちにほかならなかったかもしれぬ。建築家と、それからイシュタール建設に直接にたずさわっているものたちとだ。

だが、それ以外のものたちにとっては、イシュトヴァーンは、日に日に恐しく、怖くなってくる、きわめてあつかいにくい王であった。

イシュトヴァーンが、モンゴールでの凄惨な処刑と処罰をすべて終えて、アルセイスにとってかえしてきてから、ようやくまだ二ヵ月ばかりがたったというところである。トーラスでのおどろくべき逆転劇と、そしてそのあとの、目をおおうばかりの処刑の連続は、それまでにイシュトヴァーンをかりにおそれてはいなかったものがいたとしても、もはやいかなる弁護も不可能なくらいにまで、イシュトヴァーンの「血に飢えた殺人者」の名を高からしめた。マルス伯爵はかろうじて処刑をまぬかれたものの、無期の禁固に処せられて、金蠍宮内部の牢獄に投ぜられた。サイデンの死はすでに終わっていたが、イシュトヴァーンはサイデンが魔道師にそそのかされてこのすべての災厄を招いたのだと激怒していたので、わざわざ、すでに埋葬されようとしていたサイデンの死体を棺からひきずり出させて、首を打ってあらためて王宮前の広場にさらしものにさせた。ルキウスは処刑された――これは不運としかいいようがなかった。本来、イシュトヴァーンの弾劾に、もっとも力をかしていたのはマルス伯爵だったのだが、もともとモンゴール国内では名家のあとつぎとして、その朴訥な人柄ともども、人気のあったマルス伯爵に対しては、あちこちから大きな哀訴の動きがあって、カメロン宰相――彼はいま、ゴーラの宰相であった――からのはたらきかけもあり、イシュトヴァーンも不承不承、処刑を断念したのである。イシュトヴァーンとしては、マルスのように人望や地位のあるものをこそ、残しておいては、のちのちモンゴール独立というような動きが出てきた場合の指導者になるだろう、というおそれがあったのだが、カメロンから、そうだからこそ、マルスをいま処刑すれば、いっそうモンゴール国内の反発は激化するだろう、と説得されて断念したのであった。

が、このうっぷんが残っていたので、それが気の毒なルキウスにむけられた。で、おのれの言い分をあくまでも通すのだ、という意地にイシュトヴァーンが燃えてしまったせいもあって、ルキウスは二十代になりたてという若さで、むざんにもあっさり処刑されてしまった。

まことに不運な一生というべきであった——ルキウスは、アルヴィウス将軍の遺児として知られていたが、父のアルヴィウス将軍も、黒竜戦役後、パロほかの連合軍にモンゴールが占領されたとき、さしたることもしていなかったのに、戦争責任者の役をおしつけられて処刑されるというさいごをとげていたからである。父子ともにこのような非業の最期をとげるにいたったことについては、トーラスのひとびとは非常に感銘をうけ、ルキウスへの同情と人気は一気にあがったのだったが、処刑されてから人気があがったところでどうなるものでもなかった。

ほかにも多数の士官、将軍、文官が処刑された。少しでも、誰かが、誰かのことを、イシュトヴァーン側のものに「ゴーラ王の悪口をいっていた」「ゴーラへの反逆をくわだてた」と誣告さえすれば、もう、その誣告された誰かのいのちは救いようがなくなった、といってよかった。イシュトヴァーンは、それほど気にもとめずにめったやたらに死刑の宣告を下した——もともとが、モンゴール人のことは嫌いでならなかった上に、ともかく彼は一刻も早くアルセイスに戻りたくて、戻りたくて、どうにもならなかったからである。

そもそもアルセイスでイシュタールの建設に熱中していた彼にとっては、アルセイスからこんな大事なときにトーラスに呼び戻されることさえも論外で業腹なできごとで、それだけでも相当に頭にきていたのだが、その上にこのさわぎのあと、イシュトヴァーンがすぐにアルセイスに戻ってしまえば、おそらくは誰かを頭かぶとして、トーラスで激しい反乱がおきるのではないか、という見通しは強かった。ことにアムネリスがいるかぎりそうであった。

マルスなどはいかにもその先頭にたちそうに思われたし、ルキウスにせよそうであった。だから、イシュトヴァーンとしては、最初にカメロンにいったあまりにも無法で乱暴な策――「かしらだったやつらを全員ブチ殺しちまえば、国としてなりゆかなくなるから、反乱もおこせねえだろう」というのを、つまるところは、部分的にであれ強引に実行してしまった、というのが本当のところだったのである。それは、イシュトヴァーンの名誉のためにいっておくのならば、じっさいには、イシュトヴァーンのやっていることは、見かけの暴虐ほどにはただの無茶苦茶、乱暴ではなかった。それはカメロンでさえ認めざるを得なかった――が、むろん、普通の人間なら、それをまさか実行しようとは想像もつかないくらいに、非道で残忍な血まみれなものではあったのだが。しかし、イシュトヴァーンのほうは、とにもかくにもアルセイスに戻りたかったし、そのさい、彼にかわってモンゴールをおさえておけそうな唯一の人物といえばもう、カメロンしかいなかったが、しかしカメロンをトーラスに残しておくことにも気がむかなかったので、というと答えはひとつ、自分がカメロンをともなってアルセイスに戻ってもトーラスから反逆ののろしがあがらないほど、徹底的にトーラスを叩きつぶしておく、というのが、彼のひそかな、残忍な、しかし冷徹な結論だったのである。

じっさいには、けっこうイシュトヴァーンの行動は計算づくのものであった――あたるをさいわい処刑しているように見えたが、処刑されたのは、このゴーラによるモンゴール支配にたいしてなんらかの意味のさしさわりを生じそうな人物ばかりで、実際にはたいした役割はあのイシュトヴァーン裁判で果たしていなかったものでも、今後のためにならなさそうだとにらまれたものは、いいがかりをつけられて、処刑に追込まれたのであった。その上に、あまりにも国内に影響が大きそうな、マルスのような大物になると、カメロンにときふせられたふりをしているわりには、すんなりとイシュトヴァーンは処刑説をひっこめてしまったのである。

それにそのカメロンにしたところで――すでに、イシュトヴァーンのなかには、（カメロンを、このままトーラスに、俺と別々においておくのは――）という、ひそかな思いが芽生えていたのは、確かなことだったかもしれぬ。

ふっと彼の頭をかすめたおどろくべき疑惑――それはほとんどただの言い掛かりとしかいいようのないものであったが――（カメロンは、アムネリスと出来ていたのじゃないのか……）その疑惑は、しかしその後、執拗にイシュトヴァーンの呪われた頭のなかを去らなかった。そして、それは確実に、この世の誰よりも信頼していたカメロンにたいする、致命的な毒の一滴をイシュトヴァーンの脳髄のもっとも深いところにおとしこんだのであった。口では、カメロンに、あんたがいなければ、自分はどうやってアルセイスとイシュタールを統御していったらいいんだ、と――「あんたがいつも俺のそばにいてくれなくちゃ、俺は駄目なんだよ」といいはしたが、その実、そのなかには、（カメロンこそ、モンゴールに対しても大きな人望もあれば、武将としての能力もあり――また、たくさんの兵力を握っている人間ではないか……）という、ひそかな危惧も確実にまざりこんでいたのだ。万一にもカメロンがモンゴール独立、ないし反ゴーラの謀反軍の指導者としてかつぎだされたら困る――その思いから、イシュトヴァーンは、カメロンだけはどうしてもアルセイスへ連れて戻らねばならなかったのだった。

ともあれ、そんなわけで、ものの一ヵ月――それは、トーラスではいまや「血の月」と通称されるほどのおぞましくもすさまじい虐殺の記憶となって残っていたが――とたたぬあいだに、イシュトヴァーンは、実に数千人にのぼる処刑をおこない、トーラスを悲鳴と泣き声と阿鼻叫喚と血の川で満たしておいて、そしてあとにまだ若いリー・ルン将軍をトーラス総督として残して、さっとアルセイスに引き上げてしまったのであった。

それはトーラスにとってもほっとするできごとであった。いまやトーラスの民は、イシュトヴァーンに対して、憎しみというにもあまりにも圧迫されすぎて萎えてしまった恐しいほどの恐怖感を抱くにいたっていた――その非情、その凄惨、その残虐はいまや伝説であった。その意味では、イシュトヴァーンのそのおそるべき方策はある意味成功さえおさめたのだといってもよかったのである――イシュトヴァーンのモンゴールへの態度があまりにも度をこえた残虐と無法と見えたために、もともと指導者にとぼしかったモンゴールは、ほぼこれで完全に息の根をとめられたかっこうになった。もともとモンゴールの人びとは気概のない人たちではなかったが、毎日のように王宮前の広場にさらされる首、流れる血、きょうは誰が処刑され、きょうは誰がさらされた、という知らせがあまりにもあいつぐうちに、もはや誰に頼っていいかもわからなくなってしまったこともあって、完全に圧倒されてしまっていた。これから、もしもモンゴールがゴーラにたてつき、おそるべき殺人王イシュトヴァーンにたいして反逆の旗をひるがえすときがくるとしたら、それは、イシュトヴァーンをさえ圧するほどの英雄の登場を待たずにはどうにもならなかっただろう。その意味では、イシュトヴァーンのとった残虐無比の方法は、人道上の観点はまったく別として、正しいポイントをついてさえいたのだ。

むろんイシュトヴァーンは、モンゴール人の精神的なささえとなるであろう、アムネリスと、そしてカメロンなど、いずれ反逆のリーダーになりうる器をそなえたり、条件をもっているものは一人残らず、アルセイスに連れてもどるか、あるいは処刑してしまうかした。その点ではまことにぬかりがなかった——カメロンは、最初はあれこれと仰天してイシュトヴァーンをいさめようとしていたが、途中から、もはやこれはおのれの力の及ぶところではない、と悟らされてしずかになった——イシュトヴァーンが、「あんたが一人いのちごいをしたら、俺はそのことで別にあと十人殺してやる」とうそぶいたせいでもあったが。が、それに賛成するかどうかは論外としても、カメロンにも、イシュトヴァーンが、決して発狂してこうしているわけでもなければ、何一つ考えずにしているわけでもない、ということは、悟られざるを得なかったのだった。それにしても、あまりにも凄惨すぎる方法だ、と目をおおいはしたが。

アムネリスもまた、おいおいに臨月も近づこうかというからだをかかえて、有無をいわさず馬車でアルセイスへ拉致された。アムネリスの腹のなかの子供こそ、イシュトヴァーンにとっては、まさに大問題であった。それは、モンゴール大公家のいまやさいごの血をひくあととりでもあったし、その上に、イシュトヴァーンにとっては、最初の正当なゴーラ王の王太子たりうる子供でもあったからである。イシュトヴァーン自身は子供などほしいと思ったこともなければ、またすでにどう回復するすべもない怨敵どうしとなりはててしまった妻とのあいだに生まれる子供など、可愛いと思うだろうとさえ期待してはいなかったが、その子の政治的な意義だけは非常に認めていた。また、その子を、モンゴールが希望として使おうと思えば、自分の治世を徹底的にくつがえす旗じるしにもなりうるのだ、ということをもである。

イシュトヴァーンのなかに巣くった根拠もない黒い疑惑——（本当にあの腹の子の父親は俺なのか？　カメロンじゃねえのか？）——はさておき、ともかくありとあらゆる意味で、その赤児は、これからさきの中原の情勢に巨大な、あまりにも巨大な影響を与えるはずの子供だった。だからこそ、カメロンをどうしてもイシュタールに連れてこなくてはならなかったのと同じく、イシュトヴァーンは、アムネリスとその腹のなかの子供をも、つねにおのれの目のとどくところにおいて監視していたかったのだ。

イシュタールには、あらかじめそのための巨大な塔——窓のない、しっかりとレンガでぬりかためられ、その上におそろしく厳重に守られている——が、宮殿の中央にたてられていた。そのなかが、アムネリスとその子供に予定された永遠の牢獄であった——むろん、その子が生まれて男の子であったら、一日たりともアムネリスの手もとにおいて育てさせるつもりは、イシュトヴァーンにはなかったのだが。ともかく、その子が生まれるまでは、アムネリスは日の目をみることもなく厳重にとじこめられ――そしておそらく、子供が生まれてのちも、彼女に待っているのは終身の禁固の残酷な運命だけであった。きわめて美しく設計され、いたるところがイシュトヴァーンの思いもよらぬ芸術家気質をみせていかにも風流な、しかも実用的で、その上優雅でさえあるたたずまいになるよう計算されていたこの新都も、アムネリスにとっては、永遠の地獄の獄舎にほかならなかった。

だが、それ以外では、イシュタールはまさしく、ゴーラの民――ことに旧ユラニアの民にとっては「希望の都」だったのだった。というか、現実にすでに、ユラニアのものたちは、イシュタールにあこがれ、そう名づけて、よんでいたのである――「希望の都」と。

それは、まずはこの大量の工事でもって、すっかり疲弊したユラニアに、たくさんの収益をもたらしたし、大量の人夫、人足の需要や、その移動、そしてそれにともなう商業活動の活気づいたことなどで、完全にユラニア経済を一時的な、しかし爆発的な好況のなかにおいやったのであった。しかも、すでにくたびれきり、国としての寿命をおえ、老衰しきった境地にあったユラニアは、いままた、歴史上のきわめて重要な国としてよみがえろうとしていた。だから、ユラニアでは、イシュトヴァーンの人気は絶大であった――むろん、モンゴールでの恐しい所業は当然きこえてはいても、そこはそれ、自分たちにとって都合がよければ、ずいぶんと割引されるものである。

イシュトヴァーンのじっさいにそばにいるものたちこそ、彼の機嫌のうつりかわりの激しさや、突発的な猛烈な怒り、残酷な発作や気まぐれに悩まされたものの、直接国王に接する機会のある人間というのは国民全部からみたらずいぶんと少ない比率である。それに、イシュトヴァーンも、ユラニアではまだ評判をおとしすぎぬよう、かつてのレムス王が即位当時にすっかり評判をおとしたような、むやみやたらと処刑を乱発するのはかえってつつしんでいたので、癇癪をおこして銀杯をたたきつけようが、怒鳴りまくろうが、それはまあ、「英雄というのはそういうものだ」ということですんでしまうような次元の話でもあった。それが、おのれにむいてこないかぎりは、おそるべき処刑の嵐も、血の海も、それほどに実感はなかったというか、おそれる理由はなかったりしたのである。

それに、イシュタールにいるときのイシュトヴァーンはつねにけっこう機嫌がよく——というか、いろいろな原因で荒れ始めてもすぐに機嫌が取り戻せる要素もたくさんあったので、側近たちも、「ああいうかたなのだ」とあきらめていたのであった。「それに、どれほど怒りっぽくても、あれだけの英雄なんだし、それに、御機嫌のいいときには、きわめていいかたなんだから」とである。

さよう、イシュトヴァーンにとっては、いまやイシュタールは可愛くて、可愛くてしかたのない——正直、アムネリスの腹のなかの子供の百倍、千倍も可愛い、おのれの作り上げた子供であった——大切な存在であったから、よほどむかついていても、一人でイシュタールのそこかしこをほっつき歩いていると、すぐにその機嫌はおさまった。イシュトヴァーンは、おもだった建物に対しては、建築家と相談しながら、こういうふうにしよう、という絵を描いてみせたり、たどたどしくイメージを伝えようと一生懸命喋ったりした——そして、建築家も、いくらでも金をつかってもいいといわれていたので、とても一生懸命にその夢をかなえようとしていたので、たいていの場合、イシュトヴァーンは、新しい大きな宮殿や役所、あるいは病院などが竣工すると、その竣工式に出かけていってそれが完成したところを見ては、ひどく喜んだり、びっくりしたり、ほれぼれしたりするのであった。それはまさしく、イシュトヴァーンの気まぐれな夢が、そのままあとからあとから実現して地上にあらわれてくるように、彼には見えていたからである。

ことに彼が気にいっていたのは、イシュタールの中央にどかんと位置している、旧バルヴィナ城——いまは、「イシュトヴァーン・パレス」と名づけられている、彼の居城になる予定の宮殿であった。彼はそれを、軍事の拠点と、それから文明の中心、そして施政の中心になるようにといろいろと考えぬいて設計したのであった。そして、この建物にはまったくほかのものとはくらべものにならぬほどの情熱をかたむけていたので、大宮殿のシャンデリアから、びろうどのカーテンの色あい、じゅうたんの柄にいたるまで自分でえらびぬいた。

その結果がどうなっていたかは——多少、過剰に装飾がゆきとどきすぎたきらいはないでもなかったが、しかしさいわいにして、とても大きな建物だったので、もっと小さい建物だったらごてごてとしてしつこかったであろうその装飾過剰も、大きさに助けられてけっこう品よく、豪華に仕上がっていた。それゆえ、イシュトヴァーンは、このイシュトヴァーン・パレスのなかにいると、どこを見ても「俺はなんて趣味がいいんだろう」とほれぼれせざるを得ないのであった。

だもので、当然、そのなかにいるときには、基本的にイシュトヴァーンはすっかり満足していたのであり、どれほど機嫌の悪いときでも、まわりを見回してそのすばらしい内装を見、(これも俺が——あれも俺が決めたんだ)という満足にかられ、(このすばらしい宮殿が俺の……)と思うたびに、機嫌はあるていどは直らざるを得なかったのである。その分、イシュタールからはなれて、どこかにゆかなくてはならない、というときには、イシュトヴァーンはひどく恐しい人間になった。

それが、ゴーラ王イシュトヴァーンの最近の日常であったのだが——

2

「陛下」

その、イシュトヴァーンが、気にいりのイシュトヴァーン・パレスのなかでももっとも気にいっている、奥まった、「帝王宮」とよばれてイシュトヴァーンの日常の起居の場となっている一画——

イシュトヴァーンは、それを、意図的にまわりにぐるりと泉水と庭園をめぐらした作りに仕上げていた。そして背後にそこは恐しい残忍な諧謔というべきものをもって、「アムネリア塔」と名づけられたくだんの牢獄——アムネリスとその子供を幽閉している巨大な塔をひかえており、さらにそのうしろには、男性は入れないようになっている後宮がぐるりととりまいていた。

何も理由もなく気まぐれに設計されたように思われるこれらの配置はしかし、イシュトヴァーンにとってはたいへんに意味のあるものであった。泉水のおかげで、イシュトヴァーンの居間からはきわめてみはらしがよく、それなのに庭園には多くの木々が植込まれていて、一見身をかくすにはもってこいのようでいて、配置をよく知っているものが上から見下ろすと、すべて手にとるようになっていた。しかも、入り込もうとする暗殺者や敵にとっては、その庭園は迷路のようにわかりにくい作りになっていたのだ。

後宮がアムネリア塔のうしろをずっととりまいているのも、アムネリスに同情的なモンゴール系の人間をいっさい塔に近づけぬようにするたくみな方策であった。逆に騎士たちのすまいなどをそこにおけば、一見は守りやすいようにはみえたが、じっさいにはイシュトヴァーンの軍勢にはユラニア系のものと、モンゴール系のものとが混在していたのだから、モンゴール系の騎士たちのなかには、おのれの大公に加えられた暴虐と、おのれの祖国へのしうちをひそかに深くいきどおっているものがないとは断定できなかったからである。

そういった注意は、建物の内部にもきわめてゆきとどいており、いくつもの通路が思いもかけぬところへ通じるようになっている上に秘密の通路などもたくさん作られていて、イシュトヴァーンがいざというとき、この宮殿から脱出することも、こっそりと連絡をとることも、いろいろな芸当をすることができるようになっていた。それはしかし、ある意味——いま入ってきた人物などからいわせたら、「おのれの宮殿にそんな用心をめぐらさなくてはならないこと自体、なさけないというか、いかにこれまでの所業のむくいでおのれの国民と軍隊を信じられないか、敵をつくってしまったか、ということだ」といって情けながったかもしれぬ。

入ってきたのは、ゴーラの初代宰相にして元帥に任命されているカメロン丞相であった。丞相、というのが、「ゴーラ王に対する長年の功績により」カメロンにあたえられた称号であった。いずれにせよ、そんな称号は、カメロンにはまったく意味もなければ、与えられたからといって、嬉しいとさえ思うこともないのには違いなかったが。しかしイシュトヴァーンはとりあえず、トーラスから帰ってくると、軍制と統治体制を整備すると称して、やたらと新しい官職を発行しまくり、ことに名誉職を大量にあみだして、儀杖官だの大丞だの式部官だのといろいろな妙な名前をつけてみなにくれてやったので、少なくとも名前——とお仕着せの服と——だけからすると、とてつもない大勢力を誇る、とてつもない由緒正しい宮廷のようであった。なかには、ひそかにそんな茶番を「成上がりの宮廷ごっこ」として冷やかに見ているものがいたかもしれないが、たいていは、出世できるなら何の文句があるだろうと、口をぬぐって喜んでいた——一番、そういうイシュトヴァーンのやりかたをにがにがしく思っていたのは、本当は丞相閣下たるカメロンだったかもしれない。カメロンのほうは、きわめて伝統ある古い公国であるヴァラキアのおしもおされぬ大貴族の家に生まれ育った上に、ヴァラキアの気風は、その伝統の上にたって、ざっくばらんで率直な、大仰でないやりかたを一番洗練されているとみなす、というふうで、まさにイシュトヴァーンがやろうとしているような大袈裟なこととは正反対のきわみといってよかったからである。

だが、入ってきたカメロンは、べつだん、むろんそんな話をしにきたわけではなかった。

「お呼びでございますか——クリスタル大公アルド・ナリスについての報告は、うかがいました」

「ああ。——おい、そこの小姓、そこの扉をしめて、外で見張りをしてろ。いいというまで入ってくるな」

イシュトヴァーンは乱暴な口調でいいつけて人払いをすると、豪華なソファの上にどすんと座ってカメロンを向いの椅子にすわるよう、手招いた。

「ああ、もういいぜ。まったく相変わらず堅苦しくていやんなっちまう。もう、あんただけは特例ってことで、どんな口をきいても、礼儀だなんだってもんはなしでいいってことには、ならねえのか」

「それは、そうはゆかんだろう」

カメロンも、そうしないとイシュトヴァーンがたちまち機嫌が悪くなることはもうこころえている。やむなくことばをくずして、イシュトヴァーンの向いの椅子に腰をおろしたが、その顔はあんまり愉快そうではなかった。

「なあ、どう思う。本当に、ナリスさま……だと思うか」

「さあ――これほど重大なことで誤報ってことはまずありえないだろうとは思うが」

「違う、違う。俺がいってるのは、誤報ってことじゃない」

イシュトヴァーンは、この居住区にいるときには、かたくるしい王のお仕着せなどたちまちぬぎすて、身軽で動きやすい、ときとしてお行儀のわるいところまでいってしまうくらいの軽装に限っている。

それでも、さすがに、小姓たちがいるときにはその上から、帝王の紫のびろうどのトーガを羽織っているが、そのじゃらじゃらとした長い衣類は、イシュトヴァーンにとっては、ひどく邪魔ったくてしょうがないとみえて、それを着ているあいだじゅう、彼はしょっちゅうその長い袖だの、裾だのをいまいましそうにけちらかしていた。

カメロンのほうは、イシュトヴァーンがさだめたかなり大仰なゴーラ貴族の第四礼装を身にまとっている。それは大仰で、これまた活動的なカメロンとしてはまことに面白くなかったかもしれないが、がたいもあり、たっぱもあり、そして口ひげを生やしていかにも堂々たる外見をしたカメロンにはこの上もなくよく似合っていて、最近多少いつも内心の憂鬱がおもてを去らぬ分、憂愁の大貴族、といった貫禄と風情は充分すぎるほどであった。

「誤報はありえねえさ。こんなこと、誤報するやつがいたら、それこそ何回首をとばされたっておっつかねえ」

イシュトヴァーンは、じろじろとカメロンを見つめる——その目つきも、確かに前と多少なにかが変わってきているものがある。

一見も、ことさらに親しげで乱暴な口のききかたも、何もかわっていない、以前とまったく同じであるように見えるのだが、それでいて、ごく底深いところで、何か、それまでにあった本当の親しみが消え、むしろ「本当の親しみをよそおっている」ように感じられるところがある。

それは、ごくごく繊細な、それとも炯眼のものでなければ気づかなかったことかもしれないが、しかし、それは何よりも、こうしてむかいあっている、かつてはこの上もなく愛し合い信頼しあっていた当人たちにこそ、もっともはっきりといいたく感じられていることであった。かつてはかれらのあいだには、本当の美しい信頼と愛情、そして無私の献身とそれへの圧倒的な傾倒だけがあったのだから。

かれらはなんとなく、この上もなく素晴らしかった熱烈な恋愛が少しづつ変質しかけているのを、気づかぬふりをしながらもなんとかしてかつての蜜月をとりもどそうとひそかにあがいている男女のようでもあった。蜜月はひとたび失われればもはや二度と、少なくとも同じ甘くきよらかな最初の蜜月は戻ってくることはない――そのことをも、どちらもひそかに知っていて、しかもそのことをなんとかして無視して、まだふたりのあいだには蜜月だけがある――それは永遠のものであり、この二人に関するかぎりは決してそれが失われることはないのだ、と信じようとしている、とでもいったような。いや、あるいは、信じているふりをしている――それならばまだよかったが、もしかしたら、少なくとも片方は、というのはむろんイシュトヴァーンのほうであったが、本当に信じてさえいたかもしれない。だとしたら、ますますそれは、そうでない片方にとってはいたましくしんどい状況として感じられていたことだろう。かつてのヴァラキア海軍提督カメロン、数多くの英雄たちに男の中の男と呼ばれたカメロンは、そういう自己欺瞞や、現実逃避をちょっとでも、自分にもあいてにもゆるすような男ではなかったからである。

本当は、カメロンにとっては、つねに礼儀正しく、「ゴーラ王陛下」として臣下の礼をとり、距離をおいて、だがいままでのきずなによって当人からは一方的におのれの納得のゆく忠誠をささげている、というかたちのほうがどれほどか楽でもあれば、真実でもあったにちがいない。だが、イシュトヴァーンは、それにはとても堪えることができなかった。

そもそも、カメロンが、もう以前のような親しみを自分に対して示さない、ということが、イシュトヴァーンにとっては、我慢のならぬことであった。イシュトヴァーンにとっては、ひとたび手にいれた魂というのは永遠に自分のものであるべきだったのだし、そうであるからこそ、カメロンがヴァラキアをすてて彼のもとにやってきてくれたとき、あれほどに感動し、喜び、そしてそれ以来カメロンは彼にとっては精神的なささえのもっとも大きな部分ともなっていたのである。

だが、それに少しづつひびが入ろうとしている——いや、その亀裂はしだいに大きくなりつつある。そのことを、イシュトヴァーンはどうしていいかわからず、どう回復したらいいのかもわからず、だが、ひたすら、前となにもかわっていない、何も二人のあいだにはそういう不信や行き違いはない、というふりをすることで——いうなれば、カメロンにしてみればもっとも腹のたつような方法で、状態を糊塗しようとしつづけるほかはなかった。これには多少の同情の余地はあったといえる——彼はもともと、そうやって永続的な安定した、しかも相互的な人間関係、というものを、これまでただのひとつも知らずに生まれ、育ち、成長してきたのだからである。

「俺は、信じてねえぞ」

イシュトヴァーンは乱暴に、二人のあいだにある大理石の低いテーブルの上においてあった、対の大理石の美しい壺をあけ、そのなかからとりだしたヴァシャの乾果をかみながら云った。

「あの人はそんなに簡単にやられる人じゃねえし、ちょっとばかし囲まれたからって、それで覚悟のご自害なんかするようなそんな玉じゃねえ。――あの人がもし、そうしたというんだったら、もっとよほど重大なことがなくちゃ……それとも、何か、そうみせかけようっていう策略かだ。俺は、信じねえ」

「信じる、信じないというよりも、問題は、そういう情報がこれだけ大々的に中原諸国に発信されたということだろう」

カメロンは云った。

「俺の思うに――それが本当であろうとなかろうと――もしもアルド・ナリスが自害したのが本当だとしたら、それはパロ情勢に、ひいては中原情勢に非常に大きな影響を与えずにはおかない事件だ。大事件、といってもいい。――パロの情勢はそれによって根本的にかわるだろうし、そうすればむろん、中原情勢そのものも動かずにはいない。――だからこそ、これがもし誤報であろうと、策略であろうと、それは必ず、それが本当のことであったのにちかいほどの衝撃と影響力をいったんあちこちの国にもたらすことになるはずだ。――具体的にいっても、一番簡単なところで、俺のほうに入っていた情報では、アルゴスの黒太子スカールが、アルド・ナリス救援のために、おのれの騎馬の民をつれてパロに入り――そのことにアルゴス王は非常に激怒しており、スカールどのを裏切者として、アルゴスからの放逐をひろくアルゴスと草原とに告知したというのがある。それも、スカールどのが、アルド・ナリス死去の報をきいてどのように動くか——それによっては、さらに——」

「アルゴスのことはまあどうでもいいが」

いささかあわてたようすでイシュトヴァーンはカメロンの話をさえぎった。

カメロンはひそかににがい顔をして、イシュトヴァーンを眺めた。イシュトヴァーンがこのような態度をとるときというのは、必ず、過去に何かイヤな思い出があって、それをひと——だけならばいいが、たいていは自分自身にも、誤魔化して大急ぎで違う記憶のなかに逃げ込もうとしているときだ、ということは、もういやというほどわかっていたからである。そういうふうに感情を隠すことにかけては、イシュトヴァーンは気の毒なくらい、というよりも、はたにとってはばかにしているのかと思うくらい不器用そのものであった。

が、イシュトヴァーンはそしらぬていで続けた。

「とにかく問題はこのさきゴーラがどうすべきかだと思うんだ。もしも本当にナリスさまがその、なにしたというんだったら、俺は、いますぐにでも兵を仕立ててパロへ攻め込まなくてはいけないと思うし、それに——」

「なんだって」

カメロンはむしろ仰天してイシュトヴァーンのことばをさえぎった。

「いますぐ兵をしたててパロに攻め込む？　いったい、何故。何のために」

「だからその……」

イシュトヴァーンはことばにつまった。

カメロンはさらに追及した。

「むしろ話が逆じゃないのか。もしもアルド・ナリスの反逆軍救援のために動くことを、お前とアルド・ナリスのあいだで密約があったにしたところで、それは当然、アルド・ナリスがこうなった時点で中止になる。そうじゃないのか。だったら、納得がゆくが、なぜ、いま突然に兵をしたててパロに攻め込むという話になるんだ」

「それは、そのう、だから」

イシュトヴァーンはことばを探した。いつも、適当な口実をでっちあげて嘘をつこうとしているときに特有の、ずるそうな、まばたきの多い顔になった。

「ナリスさまのとむらい合戦だってあるわけだし……第一、だったら、い、い、い、い、い、いまがチャンスじゃねえか」

はからずも洩れてしまったこの本音を、カメロンはきくなりぎょっとしたようにイシュトヴァーンを見つめた。そして、しばらく、何と答えようか迷っていたが、やむなく、思ったとおりに率直に口をひらいた。

「とむらい合戦といったところで、いったい、ゴーラ王たるお前にアルド・ナリスのとむらい合戦をかってでるどんな口実があるというんだ。——もしも公然とゴーラはアルド・ナリスを支援する、とふれていたにしたところで、いまこのなりゆきのなかで兵をパロにすすめたりしようものなら、それはとむらい合戦というよりは、確実にたんなる侵略の口実としか思われないに決まっている。しかも、お前のその——いまが好機、という、それは結局——

そういうことでしかない、ということじゃないか」

「いいじゃねえか」

イシュトヴァーンは、ことここにいたってはやむをえぬ、といったようすで、にやりと不敵に笑った。

「しょうがねえだろう。ああもう、誰もかれも何もわかっちゃいねえんだから、俺がなんとかするっきゃねえってことなんだよ。なあ、そうだろう。——いいよ、何もいうな。もうこの件は俺にまかせてもらおうじゃねえか。そうだろう」

「あんたのいうことはめちゃくちゃだ」

いささか茫然としてカメロンはいった。あんた、と呼ばれたのをきいて、たちまちイシュトヴァーンのみけんに皺が寄ったが、それさえも、カメロンはもうかまっていられなかった。

「もちろん、本気じゃないのだろうとは思うが……ことは国家対国家の……それも、大勢の人間の命もかかっていれば、国のなりゆきもかかっている重大な事実であってだな……」

「おい、待った。どうして、俺が本気じゃないんだろうとなんて思うんだ。いつだって、俺あ本気だぜ」

「だったら、なおのこと大変な問題になってしまうじゃないか」

カメロンはいまや困惑を隠そうともせずにいった。

「もしも本気でいま、パロに侵略の軍をすすめる気でいるのだったら——それこそ、こんどこそ……先日のトーラスの一件とあわせて、ゴーラは完全に中原の横紙破り、悪役の名を冠せられてしまう。ケイロニアがどれほど、他国の内紛に介入しない、というあの鉄則をつらぬいているおかげで内外の信頼を樹立しているか……」

「ひとが、何をいおうというまいと、ひとのいいぐさなんざ、かまうこっちゃねえよ」

イシュトヴァーンはうそぶいた。

「どうしてそんなに気弱になっちまったんだよ、カメロン。もとのあんたはもっと大胆不敵な悪党だったはずだぜ。――いいから、俺にまかせてくれ。悪いようにゃ、しねえよ」

「そういう問題ではありません、陛下」

カメロンは、相手を怒らせるのを承知の上で、口調をかえた。たちまち、イシュトヴァーンの血相がかわり、目つきがけわしくなった。

「いや、イシュト――そうだろう。わからなくちゃいけないんだ。……そりゃ、赤い街道の盗賊だの、レントの海の海賊だの、いいところ無法な将軍だのをやってるあいだにはまだ、それでいい部分もあるかもしれないよ。だが、もうイシュトはゴーラ王なんだ。この中原にさえもっとも古くもっとも大きい国のひとつであるゴーラの王として名乗りをあげているんだ。――それからその立場を無視して、まるで赤い街道の盗賊どうしみたいなわけには――もう、どうしてもゆかないんだよ。それでいい、じゃあイシュトにまかせとこう、ってわけにゃゆかないんだ。ことは国際政治なんだし――戦争といったって、ちっとやそっとじゃない、あっというまにとてつもない大きな戦争に燃えひろがるだけの問題なんだからな」

「ばかに、弱気になったもんだね、カメロン。このごろさ――さしものあんたも、年かね」

イシュトヴァーンはばかにしたようにいった。カメロンはぐっとこらえた。

「それこそ、そういうことをいってる場合じゃないだろう。――頼むからはぐらかさないで真面目に答えてくれ。ようやくトーラスのほとぼりがさめてきかけて――それだって、まだちょっといじったら火をふきそうな状態だっていうのに、お前は、もしも万一パロにゴーラ軍をすすめてパロ軍と激突になったりしたら、いったい、ゴーラが中原諸国のなかでどういう立場におかれると思ってるんだ？」

「中原諸国は、ナリスさまとレムスと、どっちにつくか、まだそれほどちゃんと確定してるとこは少ないと思うね」

平然とイシュトヴァーンはいった。

「だから、逆に、ゴーラがさいしょに動いたことで、かなり動きが出やすくなってくるんじゃないのかな。だったらなおのこと、こっちがそうなるように働きかけてやりゃあ、少なくともクムなんざあ、どう動けばおいしい話になるか、どうなれば自分に有利になるか、ちゃんと考えるぜ。だから、いいんじゃねえか――それほど、いい子ぶりっこして身をちぢめて小さくなってなくても。少なくとも、おもてだってそういう行動を批判してきそうなのはケイロニアくらいのもんだが、それこそケイロニアは他国の内政不干渉を貫いてるわけなんだし、ゴーラだっていまとなっちゃあ他国だろ。それともなにか、ケイロニアってのは、中原の正義を守る神様の役割をかわりに引き受けてるのかい」

「イシュト。そういう話じゃないんだ」

いくぶん蒼ざめながらカメロンはいった。

「それは、わかっているんだろう。わかってて、はぐらかすのはやめにしてくれ。これはとても重大な問題だ——そして、冗談ではすまされないような問題なんだぞ」

「俺だって、冗談なんかいってるつもりはねえぞ。冗談にきこえるっていうんなら、心外だな」

「まさか本当にパロ王にたいして公然と宣戦布告するなどというつもりじゃないんだろうな」

「なんで、しちゃいけねえんだ？　そしたら、国内のナリスさま軍は全員こっちにつくぜ」

「パロを征服しようっていうのか。自分が何をしようとしてるか、わかってるのか」

「征服なんかしねえさ。ただ、ナリスさまのあだうちに力を貸してやろうかな、ってんだ」

「イシュトヴァーン——！」

カメロンの声が、悲痛にうわずった。

イシュトヴァーンはひょいとソファから立上がり、手を鳴らした。

「アリサ。入ってこい、アリサ」

「はい」

奥の扉があいて、おずおずと若い娘があらわれた。およそ、この宮殿のたたずまいとも似つかわしくもない、黒い地味なドレスの上から、長いショールを肩にかけた、そのへんの下町の娘のような、やせて小さな地味な娘である。

「カメロン丞相がせっかくおみえになってんだ。酒の用意をしろ。つまみはそんなにはいらねからな。ほし肉とヴァシャの乾果があればいい。それともきのうの煮込みはまだ残ってるか？　お前のつくったあのトーラスの下町ふうのやつだ。あれはけっこう、イケたぜ。あれが残ってたらもってこい。早くしろ」

「かしこまりました」

はにかんだ笑顔をみせてアリサが戻ってゆく。カメロンはあきれたようすでイシュトヴァーンを見た。

「まだ、あの娘を手元においていたのか。いったい、なんだって、仇の娘を——あの娘もあの娘だ、おのれの父の仇と知っていながら——まして、アムネリスさまがそろそろという……こんな時期に——」

「あんたは誤解してるね、カメロン」

かなり憎々しく、イシュトヴァーンはいった。どこかその声には、ざまをみろといいたげなひびきがこもっていた。

「俺はあの子にゃ、指一本ふれちゃいねえぜ。しようとしたけど、やめたんだ。——それぎり、なーんもしてねえぜ……天地神明に誓って、だな。綺麗なもんさ。けどそりゃ何もあの女悪魔のせいじゃねえけどな。あの女悪魔にゃつくづくもううんざりだ」

「イシュトヴァーン……」

カメロンは何か云おうとした。だが、思わず胸が詰ったようにことばを切った。

そのカメロンを、イシュトヴァーンはじっと見つめた。その黒い瞳には、かすかに皮肉なきらめきがひそんでいたのだった。

3

そして、また——

むろん、知らせがとびかったのは、ゴーラだけではなかった。

「あ……」

あわただしく、黒曜宮の奥深い、選帝侯や十二神将たちが急の軍議などのときに集まるのによく使われる新月の間にむかう回廊で、同じ方向にいそぐケイロニアの重臣たちが、目礼だの、挨拶をかわしあっているすがたが見られた。

「これは、将軍」

「ごぶさたしております。このようなときばかりしかお目にかかりませんで」

「いやいや、それこそわがケイロンが平和であるという何よりの証拠で」

「はっはっは、違いないですな。おお、ディモスもきた」

「あ、お揃いで」

「これは、アウルスどの。ご足労おそれいります」

「いや、いや」

重厚に若いものたちにうなづきかける長老、アンテーヌ侯アウルスをはじめとする、十二選帝侯に十二神将、それにケイロニアの心臓部ともいうべき、外交、経済、司法、などなど各方面の責任者たち——

いずれ劣らぬ華やかな大貴族たち、大将軍たちが、次々と回廊から、吸込まれるように新月の間に入ってゆく。新月の間にはすでに、巨大な丸いテーブルがすえつけられてその一人一人の椅子の前に、飲み物の用意がなされ、壁ぎわにはずらりと、お歴々の御用にそなえるべく小姓たちと、そしてさらに、護衛の衛兵たちが立ち並んで待っていた。つきあたりには、高い天井から床まで垂れ下がったびろうどの垂れ幕がかけられ、そしてその前に、円形のテーブルから一段あがったところに別のテーブルをしつらえて、そのうしろに巨大な豪華な椅子を二つおき、そこが玉座となっている。ことにその右側の椅子は背もたれの一番上に巨大な太陽の柄を象嵌し、左のものは月を象嵌し、きわめて華麗な上にふかふかの素晴しい大きなものである。もっとも、これは本来は、皇帝と皇后のための椅子であったのだが、ケイロニアでは現在皇后は空位である。左側の、月の玉座は、いうまでもなく、ケイロニア王のための場所となっていた。

ケイロニアのおえらがたたちは、かれら自身もきびしく訓練され、そういう場所では、やかましくむだ口や世間話などほとんどきかぬ。ゆったりと順番をゆずりあってそれぞれの席につき、小姓たちに希望の飲み物をサービスされると、そのまま、机の上に一人一人の前におかれている筆記用具などを点検したり、位置をかえたりしながらしずかに待っていたが、しかしさほど長く待つ間もなく、奥の重たいびろうどの幕がさっと両側からしぼりあげられた。

「ケイロニア王、グイン陛下ご出座」

ふれ係が告げた。重臣たちは、そのあとに、アキレウス皇帝の出座が告げられぬままに、悠然とあらわれた豹頭のケイロニア王がその月の玉座につき、一同の挨拶をおおように受けたときにも、それほど驚きもしなかった。もう、このごろでは、アキレウス大帝が、婿の有能さとたのもしさとそして底知れぬ体力にすっかり安心しきって治世をまかせ、あまり日常のまつりごとにもたずさわらなくなっているのに、ケイロニア宮廷は早くも馴れはじめていたのである。

人々はいっせいに立上がって「マルーク・グイン！」を叫び、王の合図で着席した。王のすぐ左の段の下の机に書記二人がひかえて速記録を用意し、右側には進行役の重責をつねにうけたまわる、宰相ランゴバルド侯ハゾスがすでに着席している。そのかたわらにひかえているのはハゾスの有能な秘書官たちだ。

「本日はお忙しいところ、急のお集まりを願いましたのは他でもございませぬ」

王への挨拶をとどこおりなくすませてから、すぐに、ハゾス宰相は無雑作に口をきった。

「すでにおきき及びのかたもおいでになりましょうが、本日早朝、パロよりの早馬によりまして、パロ、クリスタル周辺にて謀反の兵をあげ、パロ国王レムス一世との戦闘状態に入っておりました、もとクリスタル大公アルド・ナリス王子が、この謀反のいくさにやぶれ、自ら服毒して世を去ったという報告がございました。――もとより、アキレウス陛下の偉大なるお志により、わがケイロニアは、他国の内政干渉には一切立ち入らぬ、という強固なる方針をつらぬいてこんにちに至っております。しかしながら、それは、結果としていたずらに干渉はせぬとはいうものの、すべての諸外国の事情に対して放任、ないし無関係でいる、という意味の方針ではございませぬ。これもまた諸兄ご存じのとおり。――そういうわけで、とりあえず、中原のさまざまな勢力図にきわめて大きな影響力をもたずにはおらぬであろう、このアルド・ナリス王子死去というできごとに対し、われわれケイロニアはどのように対処すべきか、基本的方針について、政治、軍事、内政をつかさどるケイロニア中核というべき諸兄との間に基本的了解を得ておきたく、このようにお集まり願ったということです。以上このようにお心得おきいただきたい。むろん、この事件によって、中原の情勢はかなり大きく変化するであろうことが予想されるにせよ、それは、われわれケイロニアが、それによって非常に直接的かつ大きな影響を受けるだろう、ということは意味しておりませぬ。――陛下」

ハゾスはかるく頭をさげて、グインのほうをふりむいた。

「前おきとしては、そのようなことでよろしくありましょうか。何か、おつけ加えになることがございましたら、陛下より直接おことばをたまわればと存じます」

「御苦労」

グインはゆったりと云った。

豹頭の額にごく小さな略式の冠をいただき、白い毛皮の襟のついた長いマントに、ゆったりとした国王の略装のそのすがたは相変わらず、世にもふしぎな神話の絵の英雄を思わせる。すでにケイロニアの重臣たちはそのふしぎなすがたに朝な夕なに見慣れはじめてはいたものの、それでもふとしたはずみに、(ああ、なんという不思議なことだろう——なんという光景だろう!)と感嘆の念をあらたにせぬわけにはゆかぬのだった。それほどに、それは本当には見慣れることのない、驚嘆を誘ってやまぬ神話そのもののような光景であったのである。

だが、豹頭のケイロニア王グイン当人のほうは、むろん、そのような感嘆を人々に誘っていることには、いっこうにむとんちゃくなようすであった。

「俺としては特にその上に付け加えるべきこともないようには思うのだが、これはむろん、その情報及びハゾス宰相のゆきとどいたことばに対してであって、中原の情勢に対して何も思うところがないというわけではない。が、俺としては、多少その情報の信憑性に対しては疑いを持たぬわけでもないので、それもあっていっそう、慎重に対処せざるを得ない、というところだな」

「と、おおせられますと」

ケイロニアの軍議は、軍議とはいえ、かなり活発な論議がかわされ、決して一方的な上意下達だけの場ではない。むしろ、そうしたときに、それぞれにみずからの感じること、信じることを進んで述べることによって、若い新鋭もたえず認められる場を持ち得るのだし、逆にすでに老いてそれなりに地位をかちえた者といえども、下らぬ意見を述べて重臣たちの信頼を失うことも充分にありうるのである。それゆえに、こうした軍議はケイロニアではいつも、きびきびとした緊張感と、そしてそれと同時に適度に砕けた雰囲気とにみちているのがつねであった。

「陛下のお考えでは……この情報の信憑性が疑われるというのは、アルド・ナリス王子の生死そのものに関して、でございますか」

「まあ、簡単にいえばそのとおりだ」

グインはうなづいた。

「アルド・ナリス王子といえば、パロでも名だたる陰謀家として知られていたはず。その上に、このたびの謀反にさいしては魔道師宰相として知られたヴァレリウスを参謀としてかたらっており、兵力ではかなり国王レムス勢力に劣るとはいうものの、知謀と魔道をもってそれなりに勢力をひろげつつ転戦しつつあった、という報告を受けている。それが、くわしい報告をきいた限りでは、いまひとつ、自害の状況が納得できぬ」

「と、申されますと」

むろん、そうした報告をとりまとめるのはハゾスであったから、すでにハゾスにとってはそれは報告をうけている事柄であったが、ハゾスはなにごともなかったかのように丁重に問い返した。グインもなにごともないかのように平然とことばをついだ。

「あるいはすでにそこまできき及んでいる者もいるかと思うが、アルド・ナリス王子は自らに賛同し味方となる兵力をひきい、いったんカリナエのおのれの宮殿をあとにして、より守りにふさわしいランズベール城にたてこもった。ランズベール城といえばクリスタル・パレスの入口にある砦、つまりは敵——というか国王勢力のまさに足元におのれの場所を作ったわけで、まことに大胆不敵。だが、なんらかの危機を感じたか、ナリス王子はここから脱出、ランズベール城をあずかるランズベール侯とその手兵をあとに残してジェニュアへと転戦。——ランズベール侯はそのまま城をまくらに討ち死にをとげた。そして、ジェニュアにしばしとどまったのちに、さらにナリス王子は自らの兵をまとめて、ジェニュアを脱出、おそらくはおのれの最大の味方となるべきカレニア地方を根拠に選ぶべく、そちらに向かったものと思われる——というのが、この前の報告での骨子だった。……そののち、俺のもとにひきつづき入ってきた報告では、この動きを迎えてカレニア騎士団の主力がカレニア王を兼任するナリス王子を迎え入れるべく動き出し、さらにカレニアの隣のサラミス公騎士団もナリス王子側につくことを表明していたが、カレニア騎士団と合流をめざし、さらに——」

「……」

「アルゴスの黒太子スカールも、ナリスの要請に応えておのれの騎馬の民のみをつれ、ダネインよりパロ入りして、これらの軍勢と合流すべくクリスタル方面を目指した、ということだったのだ。つまりは、まだパロ最大の兵力を誇るカラヴィア騎士団は動いておらぬにせよ、カレニア騎士団、サラミス騎士団、そしてスカール軍と、かなり有力な兵力が、ナリス側にくみすることを明らかにし、ナリス側はむしろ、ランズベール城にたてこもったときよりも、ジェニュアに頼ったときよりも、情勢としてはずっと有利になっている時期であったはずだ、

と見なくてはならぬ」

「はあ……」

ハゾスが微妙な顔をした。

「陛下は、そのことをお考えでございましたか」

「お前も当然それは考えていたはずだ、ハゾス。――確かに、アルド・ナリス自害、という報告それ自体にはそれなりの信憑性があった。ハゾスにも確認したが、それは、クリスタルないしアルド・ナリス軍からの公式発表によるものではなく、例のごとくハゾスがクリスタルにはなっている間諜の報告によるものであるからだ。それゆえ、クリスタルでも、またパロ国内全体でも、アルド・ナリス自害、という報が流れているということは確かだし、それについては俺もなんら疑いをさしはさむ余地はない。だが、問題は、だ」

「それ自体すらも、アルド・ナリスの策略でないとなぜわかる、ということでございますな」

ゆったりと口をひらいたのはアンテーヌ侯アウルス・フェロンであった。

「そのとおりだ。――俺のみたかぎりでは、という但し書きはつけねばなるまいが、俺の率直な感想としては、なんとも奇妙な時期に自殺をとげたものだな、アルド・ナリスともあろうものが、ということになる。――というか、いまほど、アルド・ナリスのような人間が、自害するなどということを考えもつかぬであろう時はないはずではないか、という気がしないでもない――が、むろん、これは外側から見た事情だ。ハゾスが報告してくれた、より内輪の情報もある」

「わたくしから申上げてよろしくありますれば」

ハゾスが云った。

「先刻この知らせを陛下とももどもきききまして、すぐに別の情報をお知らせしましたのは――どうやら、かの魔道師宰相ヴァレリウスは、現在、ナリス王子――もはやクリスタル大公位はレムス王によって剝奪されておりますし、それに当人が名乗っておりますようにパロ聖王アルド・ナリス、というその名を認めるといたしますと、すなわちそれ自体が、わがケイロニアがナリスを王と認め、レムスを認めない、という旗幟を鮮明にしてしまうこととあいなりますので、われわれケイロン宮廷は合意の上、当分アルド・ナリスに関しては、いまだ剝奪されておりませぬ、『アルド・ナリス王子』という身分をもって呼ぶこととなっておりますす――と別行動をとっているらしく、まったく陣中に見当たらない、ということであります」

「ヴァレリウスが？」

いくぶんおどろいたようすで、老アトキア侯ギランがいう。

「ヴァレリウス宰相といえば、ナリスどのと最初に謀反をかたらって旗揚げした張本人だ。それが、いまナリスどのと一緒に行動してないのだと？　それは、どういうことだ？　仲たがいでもしたというのか？　それとも、別々に兵を動かしているということか？　それは、ちとばかり解せませんぞ」

「ただいま、それについてご説明申上げますところで」

ハゾスは辛抱づよく答えて、かすかに口もとをゆるめた。

「まず、ヴァレリウス宰相は――これも、宰相位はとっくに剝奪されておりますし、伯爵の地位も剝奪されておりますので、正式には、ヴァレリウス魔道師、とのみ呼ぶべきところでありますが――ヴァレリウス魔道師は、兵を連れてナリス王子と別行動をしている、というわけではございません。ナリス軍の兵の配置については、われわれの手の者がかなり当初詳しく調べてまいりました。というか、ヴァレリウス魔道師が謀反軍から姿を消してしまったのは、かなり謀反の早い時期のうちであり、それはおそらく、国王の手におちたのではないか、と疑われるふしがあります。そして、そのあと、結局ヴァレリウス魔道師はまったく戦闘の陣頭指揮にたつこともなく、一般の兵たちの前にすがたをみせることもないまま、いまにいたっております。つまり、すでにヴァレリウス魔道師は国王がたにとらわれて、あるいは処刑されたという可能性もないではない――一回、本営に姿をあらわしたというようなうわさがないでもありませんでしたが、これはまったくケイロニアの間諜では確認できませんでした。また、間諜の報告によりますと、その後、ずっと、ナリス王子の参謀は、ヴァラキアのヨナと申す、もとは王立学問所の教授――これも史上最年少で教授となった非常な秀才で、ナリス王子がずっとたいへん目をかけて引き立ててきた、まだ非常に若い学究だそうですが――その、若い学者が代行しているようです。つまり、ヴァレリウス魔道師は、王宮にとらわれたか、あるいはもともと彼は王党派の筆頭だった人間ですから、もしかするともはやナリス王子の反乱には見込なしとみて裏切り、もとのあるじの国王がたに寝返ったか……あるいはすでに処刑されているか……人質として、リンダ大公妃も王宮に幽閉されているそうですが、それと同じようにナリス王子に、反乱を鎮圧するための人質として確保されているのか――いずれにせよ、ヴァレリウス魔道師は、もう、まったくナリス王子の助けにはならぬ状態にあると察せられます」

「そのいずれにせよ、アルド・ナリスにとっては非常ないたでだった、ということだな」

アンテーヌ侯がゆったりといった。

「アルド・ナリスはすでに有名なように、あのようなからだだ。自分自身で反乱の戦闘の先頭にたつことはできまい。誰か、かわって指揮をしてくれるものがいなくてはどうにもならぬ。――それがつまりはヴァレリウスだったのだろうが、そのヴァレリウスがいないとなると、それは確かにおおいなるいたでだろうな。そのヴァラキアのヨナという名前ははじめてきいたが、それもしかし、ヴァラキア人だということになると、しかもそんな若造だとすると、誇り高いパロの騎士団をそうそう簡単には動かせまいが？」

「それが、わずか二十代前半という若輩ではありますが、非常な知恵となみはずれた冷静さでもって、ナリス公に信頼されるほどあって、ナリス軍での信頼もかなり絶大なものはあったということでしたが……」

ハゾスは玄妙な顔をした。

「それにしても、ヴァレリウス魔道師があるときから完全に消息を断ってしまった、というのは、これまでの、反乱がおこるまでのなりゆきからいってとうてい尋常なこととは思われません。そこへもってきて突然のこのアルド・ナリス自害の報です。――それは、相互にかかわりがないと考えるほうが不自然かと」

「ハゾスがいうのは、ヴァレリウス魔道師こそがこの反乱の仕掛け人であり、そのヴァレリウス魔道師がとらわれたか、寝返ったか、それとも殺されたか、いずれにせよもはやナリス王子の助けたりえないことに絶望して、アルド・ナリスが自害したのではないか、ということか?」

アウルスはひとことづつかみしめるように念をおした。ハゾスはちょっとあいまいなようすでうなづいた。

「そういちがいに断言するのは――むろんそうと断定するに充分なだけの状況的証拠があるわけではありませんから、あまりうかつに結論を出すと国王陛下にお叱りをうけてしまいそうですが……それにそもそものアルド・ナリス自害の状況そのものにしても、陛下のおおせのとおり、いささか疑わしい状況というのはないわけではございませぬから、これまたいちがいに乗せられてしまうというのもいかがなものかと思うわけでございまして……まあ、しかし可能性としてとっておくには充分根拠のありそうな推論ではないかとわたくしは考えております」

「いくらアルド・ナリスが半身不随で自由に動くこともできぬとしても、反乱をこころみるほどに、それなりに気概があるのだ」

不服そうに、アトキア侯ギランが口をはさんだ。

「たかが一部下の去就によってそこまで影響をうけるものであろうかな。何をいうにも、結局はただの一人の魔道師であり、参謀にすぎぬのだろう」

「それは、しかし、当人にとって誰がどのような存在であり、どのくらいの重みを持っているのか、ということは、当人でなければ、わかりようもございますまいし」

ハゾスはものやわらかにあしらった。そして伺うように国王のほうを見た。

「陛下のご意見は」

「ハゾスのいうとおり、それはありうる可能性のひとつとしておいてよいのではないか」

グインは重々しく云った。

「遠隔の地の情報というのは、わかったようでいて正確なところは決してわからぬ。が、まったく根拠のない情報は届いてはこぬだろう——誰かが意図的に情報操作をこころみぬ限りだな——ということだけは、確実だ。……いずれにせよ、ヴァレリウスがまったく戦線にあらわれてもおらず、指揮もとっておらぬ、というのは、この反乱のなりゆきからすれば解せぬことであるし、また、このたびのアルド・ナリス自害の報についても、俺がすでに申したとおり、俺は、時期的にどうしても釈然とせぬものを感じている。だが、だからといって、ただちに真相を確認できるという立場にはケイロニアはおらぬ。——いや、むろん、ただちにあらためて偵察の人員を送り込み、極力正確な情報を把握しようとすることは早速はじめようと思うが、しかしいずれにせよ、いますぐケイロニアにとっての重大な決断を迫られる、という事態はむしろ逆に、アルド・ナリス自害、というこの報により、いったん避けられたのではないかと俺は思う。——それならばいっそう、軽挙妄動に走ってはなるまい」

「それはもう、いつもながら、陛下のおおせのとおりでございます」

ハゾスが満足そうな微笑を満面にたたえながらうなづいた。アウルスもゆったりとうなづく。

「わたくしもひきつづきパロ国内の事情の極力正確な情報を送るよう、おのれの持っておりますパロ国内の情報機関にただちに命令を送りました。それからの報告を待ってまたそのつど、諸卿にはご報告申上げるつもりでございますが……」

「いくつかの蓋然性が考えられる」

グインは云った。

「ひとつは、アルド・ナリス自害の報がまことであり、そして、それによってアルド・ナリス軍が壊滅し、パロが完全に国王の制圧下におかれた場合だ。——これはまあ、もともと国王の制圧下にあるではないかといえば、そのとおりだから妙ないいぐさにきこえるかもしれぬが——俺としては、キタイにいったことのある唯一の人間として、アルド・ナリスが諸国に対して反乱の理由として発表したこと——パロ王レムス一世はキタイ国王たる謎の魔道師ヤンダル・ゾッグの傀儡とされており、そのヤンダル・ゾッグの最終的な目的は中原征服にある、という、このことばを、他の者のように空想的な妄言、狂人のたわごととみなすわけにはゆかぬ。俺はキタイでヤンダル・ゾッグ当人と、直接ではないにせよ多少の接触も持ったし、そもそも俺がキタイへおもむくこととなった理由そのものが、〈闇の司祭〉グラチウスが、ヤンダル・ゾッグの勢力の中原への波及をはばむための方策――それ自体はまったく間違った方法であったにせよだ――によるものだったからだ。それゆえ、他の諸国の支配者はどのように空想だ、おろかしい妄想だと笑おうと、俺だけは、アルド・ナリスの言にはあるていどの信憑性を感じざるを得ぬ。――ということは、俺としては、もし万一、パロが完全にキタイの傀儡国家となり、そしてキタイ勢力がパロを足がかりとして中原侵略にとりかかるというかまえをみせれば、ただちにわがケイロニアも自衛のため、対パロ――ひいては対キタイの兵をおこさざるを得ぬだろう、ということだ。これは、他国の内政不干渉原則をはるかにこえ、わがケイロニア自体の危機を回避し何よりも大切な帝国ケイロニアを守るためのものにほかならぬ」

「御意……」

「また、いまひとつの可能性は、これがアルド・ナリスの策略による佯死であり、それによってなんらかの――国王の油断をまねこうというのかもしれぬし、あるいは諸外国にはたらきかけるきっかけとしようというのかもしれぬし、あるいはまた時間をかせごうというのかもしれぬが――いずれにせよ、なんらかの目的のある佯死であった場合だ。その場合にはそれこそ、この策略にまんまと乗せられて、内政不干渉原則をうかうかとおかしてしまう結果になるわけにはゆかぬ。それこそナリスの思うつぼだ。――ナリスからは、現に何回となくケイロニアに対して、中原の危機にさいして援軍をこうとの密使、密書がきている。だがそれにたいして、わがケイロニアはつねに、この他国内政不干渉原則をつらぬいて、この頼みをはねつけてきた」

誰も、口をひらくものはない。

しんとして皆がききいるなか、グインは、重々しくことばをつづけた。

4

「この見極めはきわめて難しい。これまでにもろもろ、俺が経験してきたさまざまな事情とは、ケタはずれに、真相を見極め、しかるべき態度を決定するのが困難な状況であるといっていいだろう。――だが、ともかく最大の拙策というか愚策は、少ない情報に踊らされて軽率に大ケイロニアの去就を決定してしまうことだろう。それゆえ、せっかくこうして集まっていただいたし、またむろん、現在わが国がどのような問題に直面しつつあり、それに対して首脳部がどのような意見の一致を見ているかということはつねに、諸卿とともに確認しておかねばならぬことであり、知っておいてもらわなくてはならぬことでもあるが、現在のところでは、この事件の報告と――そして、俺の考え、また諸卿の考えをこのようにして開陳するにとどめたがいいだろう。あとは、それぞれの状況偵察、間諜による報告で、何か確定的なうらづけがとれるのを待つのが一番いいだろうと思う。そして……」

グインはゆっくりと、だが力強い決意を示すようにその大きな手のひらをひろげてみせた。

「もしも、俺が最初にいったように、アルド・ナリスの死により、パロがキタイの属国ないし傀儡国家となり、中原にキタイ勢力が強大な足掛りを所有する、という事態にたちいたった場合には——これは、まだ、皇帝陛下にはご許可を得ておらぬままで、俺の一存としてここで云わせてもらうが、ケイロニアは、キタイの侵略を未然にふせぐため、先手をうって対パロ戦争の準備をとどこおりなくすすめておかなくてはなるまいと思う。俺はキタイの中心部が、いかにして、ヤンダル・ゾッグによって食い荒らされ、というか、かつてのキタイとまったく様相を異にする怪奇な異形の国家と変貌をとげたかをくまなく見てきた。——そして、それに対して敢然とキタイの独立を取り戻すべく集結しつつある若い勢力に力をかしたり、それと、より大きな力をもつ集団とを結びつけるために力をかしたりもした。すでに、俺にとっては——ケイロニアにとってはというより、俺個人にとっては、対キタイ問題はひとごと、対岸の火災ではなくなっている。俺自身はすでに、キタイにおいてキタイ王の敵としての行動を開始しているのだ。——が、むろん、レムス王がキタイの傀儡となっている、ということもまた、アルド・ナリスの宣伝、宣撫工作でしかこちらは知っておらず、あるいはそれもまたいっそう奥深い陰謀であるという可能性もないではない。それを思えば、我々にとってますます、もっとも必要なのは正確な情報だ——ということになる。何ごとにつけてもな。だが、その情報が得られしだい、行動にむけてすみやかに動き出せるための準備はつねに必要だ。正確な情報と、行動のための準備——それさえあれば、諸兄という巨大な背景をもつケイロニアはこれまでどおり世界の覇者としての立場をたやすく維持してゆけることができる、と俺は信じている」

*

「いやいや、大演説でしたな」

控の間に戻ってきたハゾスが、ニヤニヤ笑った。グインはとぼけたようすでハゾスをふりむいた。

「何のことだかわからんな。俺はいつもどおりだろう」

「いや、それはもう陛下はいつもどおりで。——しかし、わたくしももう、ずいぶんと陛下のお話になりかたや、お話のすすめられかたには馴れて参りましたから……かなり、陛下のお心のうちが読めるようになって参りましたよ」

「それは、宰相がそうでなくては」

グインは笑って、小姓に茶をいいつけた。まだ、酒には少し早い時間だったのだ。

「パロに出兵なさるおつもりですな」

小姓が茶をとりに出ていったすきをみはからい、ずばりと、ハゾスが、心やすだてに云った。

「それは、先日、黒竜騎士団を用意せよとのお話をうかがったときから、おそらく、そのおつもりだなと察しておりました。——キタイについても、さきほど諸卿の前でいわれたようなことを、以前わたくしに云っておられましたし。——ただ、やはりケイロニア宮廷は、これまでの長年の、内政不干渉原則を厳守すべきだ、というおおかたの意見は根強いものがございましょうし……」

「もし万一、俺が勝手に、というよりも俺の一存によって兵を動かそうとして、それがアキレウス陛下のご意向に反することになった場合、というのが、俺は何よりも怖いのだよ、ハゾス」

グインは低い声でいった。

「むろん、俺としては、ことにあたっては決して無断でそのような重大な決断はせぬ。大ケイロニアの今後のすべてにかかわることなのだからな。だが、皇帝陛下とのあいだに意志の統一をはかるのはむしろ簡単だと思うが、俺が案じているのは、諸卿のほうだ。――俺はなんといっても新参者、しんまいの施政者だ。皇帝陛下のご意向とぴったりと一致しているあいだはよいが、少しでも俺個人の意向ややりかたが出てきた場合に、諸卿の誰からでも、反発をくらえば――それがこののち、非常に大きな問題の根とならぬとも限らぬ。それゆえに、俺としても、ここで兵を動かすというのは非常にタイミングが難しいと思っているのだがな」

「アルド・ナリス死す、の報だけでも、相当に情勢はかわってきている、とわたくしなどは思うのでございますがね」

ハゾスは面倒そうに肩をすくめた。

「それにこの前も申しましたとおり、いかに内政不干渉の原則がかたかろうと、情勢がかわってくれれば、逆にそれに固執して判断をあやまるのは愚の骨頂で……大丈夫ですよ、陛下。

十二選帝侯会議はすべて、陛下のお味方です」

「そうとも限るまい」

グインはうすく笑った。

「そうでない先輩も確実にいるほうが自然だと俺は思っている。それに、十二神将会議のほうはさらに難しい。あちらには、けっこう、頑固者もいれば、それなりに誇り高く、新参――というよりも流れ者の傭兵として軍に入り、一介の兵卒から一気に黒竜将軍になっていったこの俺の履歴がお気にめさぬ名門の軍人もいるからな」

「それはもう、どこに参りましても、愚か者は愚か者ですし、目先のみえぬやからは目先のみえぬやからでございますから。陛下がお気になさることはございませんよ」

「おぬしはそういうが、俺は気になるよ、ハゾス。俺は豹頭だしな」

「ですから、毎回申上げているとおり、そんなこと、何の関係もございませんよ」

「いや、そうはゆかん。俺にとってはそれは重大なことだ」

「陛下は、あまりにも完璧主義でいらっしゃりすぎますよ」

ハゾスはちょっと溜息をついた。

「ご自分があまりにも完璧な英雄であられるからなのでしょうが――そこまで、何から何まで敵も作らずにはなかなか……わたくしなど、そんなことをいったら、えらい若造のうちに、アウルス侯の強烈なあとおしで宰相になってしまいましたから、最初は叩かれたのなんの」

「そうだろう。おぬしのようにもともとが十二選帝侯の名門中の名門の出で、そして英才のほまれ高くとも、たかが年齢がゆかないというだけで、因習にとらわれた連中は四の五のという。まして俺はこれほどに異形で、これほどに横紙破りの王になりかたをした。それはひととおりは皆が俺の権威を認めてくれているように見えたからといって、油断したり、安心したりするわけにはゆかぬよ。俺はいまのところ、むしろ、アキレウス陛下からただ、政権をお預りして、実務を担当しているだけだと思っておくほうが、絶対に安全で——ちょっとでも、俺自身が権力を持っていて、俺の思うようにものごとを動かせる、などと考え違いをしたらこの身にも難が及ぶだろう、というようにたえず考えていることにしている」

「陛下は、あまりにも——豪放磊落なお見かけにもかかわらず、じっさいにはあまりにも慎重の上にも慎重でおいでになりすぎますよ……」

ハゾスがさらにいいかけたときだった。

小姓が茶をもって入ってきて、そしていくぶん困ったようすで頭をさげた。

「遅くなりまして、失礼いたしました。——お茶をおもちいたしましたが、あの……あの、ササイドン伯爵が、陛下に内密にお目にかかりたいと申されて、前ぶれなしにおこしになっておられるのでございますが……」

「マリウスが」

グインの声がちょっと変わった。グインはすばやくハゾスと目を見交わした。

「むろん、お目にかかるが、宰相ランゴバルド侯どのもご同席しておられるがさしつかえないであろうなと申上げておいてくれ。それとも、ハゾス閣下でもご一緒できぬような内密の御用なのか」

「うけたまわって参ります」

小姓は出ていって、すぐに戻ってきた。

「ご一緒でもさしつかえない、ただとにかく、一刻もお早くとのことでもう控の間においでになっておられますが」

「わかった。お通ししてくれ」

グインのことばがまるできこえたかのように――

いや、もしかしたら、もう、その扉のところで待ちかねていたのかもしれなかった。小姓が扉をあけてよびにゆこうとするいとまもなく、やにわに、飛込んできたマリウスは、「サイドン伯」などという、与えられたもっともらしい名前とはおよそそぐわない、まったくの平服で、しかも顔は蒼ざめ、髪の毛はふりみだし、見るからに取り乱したようすであった。

思わずまた、ハゾスはグインと目をひそかに見交わした。

「グイン」

飛込んでくるなり、マリウスは、小姓たちの手前もはばからずに叫んだ。いそいでハゾスは小姓たちに下がれと手で合図をした。そして、自らそっと、小姓たちが下がったあとの扉の前にまわって、誰もきいておらぬのを確かめた。厄介なことになりそうな予感がしたのだ。

「グイン。どうして――どうして、僕に教えてくれなかったんだ」

マリウスは声をふりしぼった。みるみるその目から、にがい涙があふれ出してきた。

「何をだ、マリウス。どうした、何をそんなに取り乱している。落着いて、座ってその茶でも飲んだらどうだ」

「何をいってるんだ、グイン。何をばかなことを」

マリウスはやっと、泣き崩れるのをおさえているかのように、両手をもみしぼった。

「みんなして、僕に隠しておこうとしたんだね。だが、きこえてしまったよ。僕には云わなかった……僕がどうするか、わかってたからだ。だから、僕に知らせないでおこうと思ったんだろう。僕の——僕の……たったひとりの兄だというのに！」

「アルド・ナリス王子のことか」

グインはゆっくりといった。マリウスは幼い子供のようにしゃくりあげた。

「そうだよ！　まだ信じられない。でも、嘘にきまってるという気もする——だって、ナリスが——そんなふうに、そんな……ジェニュア郊外の淋しい丘なんかで……敗惨の将として毒をあおって自害するなんて……そんな筈は、そんなことがありうるわけはないんだ。そんなの——そんなの、まるきり、ナリスらしくない」

「らしい、らしくないでは、ものごとはかれるものではございませぬから、殿下」

ハゾスが困惑して、というよりもかなりにがにがしい気持で口をひらきかけた。だが、マリウスはハゾスなど、同じ室にいるとさえ、認めていないかのようだった。

「どうして僕に隠しておけるなんて思ったんだ。どうして隠しておこうなんてしたんだ」

「落着け、マリウス。誰も、隠しておこうなどとしてはおらぬ。俺にしたところで、けさがた、早馬の報告をうけて知ったのだ」

「そうしたら、普通は、まっすぐに僕のところに知らせにきてくれるはずじゃないか」

　マリウスは歯をくいしばった。

「僕にとっては、兄だ！　ただひとりの兄なんだよ！　もう僕に、この地上にほかに肉親は誰ひとり残っていない。父も、母も、とっくの昔に死んだ。兄ひとり、弟ひとり、母は違うけれど、それだけが僕にのこされた本当の、血のつながった肉親なんだ」

「いや、しかし、殿下にはいまは、オクタヴィア殿下という愛妻もおいでになれば、マリニア姫という大切なひとつぶ種もおありになるのではありませんか。それをいったら、グイン陛下という素晴しい義弟もおありになれば、何よりも偉大なアキレウス陛下という義父もおありになる」

　ハゾスがたしなめようとしたが、マリウスはハゾスをふりかえって激しく見つめただけで、またグインに向き直った。

「あの人がどんなに、僕にとって特別な重大な人かっていうことは、あんただけは知ってたはずだった。グイン、あんたは、僕が何回だって、あの人について話をしたのもきいてるし、僕がどんな——どんなにあの人を愛してたかだって……知ってたはずじゃないか。だのに……」

「お前が、兄アルド・ナリス王子との葛藤に悩んでクリスタル宮廷を出奔したことも知っている」

グインはおしかぶせるように云った。

「むろんそれは、あまりに錯綜した愛ゆえの葛藤であったにしたところでだ。それに、お前は、もう、パロ王家の人間であることを捨てたと——パロの第三王子アル・ディーンの名は捨てた、ただひとりの吟遊詩人マリウスとして生きてゆくのだと俺にいいもした。俺は、お前がもう、アル・ディーンではないのだと信じていた。もう、すっかり、お前はマリウス、ただのマリウスなのだと」

「そうだとも」

反抗的にマリウスは叫んだ。その若々しい顔は、激しい内心の苦しみと悲しみにゆがんでいた。

「僕はただのマリウスだ。ササイドン伯爵なんていうこっけいなしろものじゃない。どうして、誰も僕を放っといてくれないんだ？　僕は、ただのマリウスとして自由でいたい。ただのマリウスとして……だけど、ナリスのことは忘れろといっても無理だ。あんなに——あれほど、深いきずなで結びついてしまっていたんだから。それは愛というよりにくしみのきずなであったにせよだ。僕からは切れるものじゃない。僕のからだのなかにあの人と同じ血が流れている。あの人は……僕が最初に憧れたひとだった。僕の兄だ——たったひとりの素晴しい僕の兄だ。あまりにもいろんなことがあって、宮廷を飛出してしまったにせよ、僕は……いま僕のなかに、切っても切れるものではないあのひととのきずなが、深く脈うっているのを感じている。僕はもうアル・ディーンじゃない、パロの王子なんかじゃない。ただの吟遊詩人のマリウスにすぎない。だけど、僕のなかに……僕のなかに、アルド・ナリスはいるんだ。永遠にいるんだ。たとえ――たとえ、死んでしまったって！」

マリウスはとうとう、こらえかねたように両手で顔をおおって、声をあげこそしなかったが、激しく肩をふるわせてすすり泣いた。

「誰にもわかりゃしない……わかるものか。あのひとは……あのひとはすべてだったんだ。僕にとって……十七歳までの僕にとっての、世界のすべて」

「マリウス、落着け。いうことが支離滅裂だ」

「そりゃ、あんたは確かに偉いよ、グイン」

マリウスは涙にぬれた蒼白な顔を手のあいだからあらわして、グインを激しくにらみつけた。

「あんまり偉すぎて僕みたいなものの気持なんかわからないんだ。あんたはいつだって、王様だ――最初からさいごまで、あんたは英雄で、王様で、非凡で、だからあまりにも――人間じゃないんだ。そうだよ、あんたには人間の心なんかわからない……僕みたいな、平凡でとるにたらぬ、何も持ってない、市井のただの吟遊詩人として流れ流れて生きてゆくだけの人間の気持なんかわからない。あんたにはいつだって――天下国家だの世界の情勢だの、平和だの、そんなお偉いことばかりあって……」

「俺が、こんなすがたかたちをしているから、ひとの気持を解しないだろうといいたいのか、マリウス？」

むしろ、悲しげにグインはいった。だがマリウスは、おのれの苦しみに気をとられすぎていて、グインのことばのなかにあるこの上もなくにがいひびきにさえ、注意をはらうゆとりはなかった。

「僕は……僕は、ただあのひとから逃げただけだったんだ」

マリウスは両手で髪の毛をかきむしった。

「いまになってわかった。それがどんなに——あのひとから逃げたことそのものが、どれほどあのひとにとらわれていたことだったか。——あのひとのことを考えない日なんて一日としてなかった。あのひとが死んだと異国できかされたときは何回かあった。あのアムネリスとのいつわりの婚礼の祭壇で襲われたときいたときもそうだ。あのときも僕は希望を失っていっそ僕もナリスのあとを追って死んでしまおうかと思った。あのときにはロルカがやってきて、これはナリスさまの策略だから、安心するようにとこっそり教えてくれた。そうでなかったら、僕はあのとき死んでしまっていたかもしれない。——そのあといろんなことがあって、本当にいろんなことがあって、僕は、ナリスよりも大切なものがたくさんできたと思っていた。事実、ナリスよりも——いや、ナリスと同じくらい大切なものはできたと思うよ。そしてそれを愛しているのは本当だ。だけど……だけど、人間は……別のひとつのものを愛するようになったからといって、前から自分にとってすべてだったものを急にまったく、何のねうちもないものになんか思えるわけがないんだ。僕にとって……僕にとって、いま、ナリスがいったいどういう存在であるかっていうことが、いま、はじめてわかったよ。いま、やっと。いまになって……遅すぎたいまになって」

「マリウス」

グインの声が、少し厳しくなった。ハゾスははらはらしながら扉の前に立っていた——ケイロニア宮廷のなかでも、マリウスの本当の素性というのは、このような本当の上層部以外には極秘であったから、小姓の耳にでも入って、マリウスとパロ王家とのかかわりが、ちょっとでもうわさになるようなことがあったら、ハゾスとグインとがずっと周到にくんできたさまざまな事柄も一気に崩れてしまうのは、明らかだったのだ。

「マリウス」

もういちど、非常に強い、意志を伝えるひびきのこもった声で、グインが云った。マリウス以外のものだったら、これほど明確な命令にさからえるとは、思いもしなかったであろう。

「マリウス。いまのお前の立場を考えろ。そして、ちょっと頭を冷やせ。お前はもう、そんなふうに感情的になっていてすむ立場じゃない」

「僕は冷静だし、感情的なんかじゃない」

マリウスはいみじくもそう云い放った。そして、涙にぬれた目でグインをにらみつけた。

「そう、きいたとたんから僕はずっと考えていたんだ。——そして、どうすればいいかわかった」

「マリウス」

「僕はゆく。——誰にも僕をとめることなんかできないよ。たとえあんたにでも。ケイロニ

「ア宮廷全部が総がかりになったって」

「マリウス」

「マリウス」

「なんとでもいうがいい。あの人と兄弟なのは僕ひとりだ。僕以外の誰にもわかりゃしない。——マリウスはあのひとのところにゆく」

「マリウス。アルド・ナリスはもう死んでいるのだぞ。そこにいってどうしようというのだ。ナリスにかわって、反乱軍をひきいる、とでもいうつもりか。戦い方ひとつ知らぬお前が」

「そんなことしやしない。戦争なんか大嫌いだ。この世になんで戦争なんていうものがあるのか、ずっと僕は呪ってきた。戦争なんかしない。戦争が、ナリスを殺したんだ。戦争のおかげでぼくたちの父だって悲劇にまきこまれた。何もかも、戦争のせいじゃないか。戦争と——内乱との」

「マリウス、お前ももう子供ではないのだぞ。そんなに単純にものごとを考えていてすむというものではないのだ」

「僕は、ナリスに会いにゆくんだ」

マリウスは主張した。

「僕はただ、ナリスに会うために戻るだけだ。それ以外のことなんか何もない。どうして、ただひとりの兄が死んだというのに、弟がその兄のなきがらにせめて一本のろうそくをたむけることさえ、許されないというんだ？ あのひとは——あのひとはかわいそうなひとだった。あのひとも身寄りは少なかったし、生母との折り合いはとてもわるかった。それにリンダはとらわれているんだときかされた。そうだったら、あのひとのなきがらは、兵士たちや小姓たちだけに守られて、たったひとりで寝かされているんじゃないか。そんなの、かわいそうすぎる。あまりに……クリスタル公アルド・ナリスともあろうもののさいごとして、あわれすぎる。せめて僕が——弟の僕が、ナリスのなきがらにロウソクをたむけて、そしていってあげるんだ。僕が戻ってきたよ——僕がここにいるよ、あなたは一人きりで死んだけれど、死んだあとも一人で冷たい土の下に眠っているんじゃないんだよ、もう僕がずっと一緒にいるよ、そばにいるよ、もうどこにもゆかないよ、って……あのひとが生きているあいだに、いってあげることのできなかったことばを、僕はいまこそいってあげるんだ……」

マリウスはとうとう声をたてて泣いた。

グインはちらりとハゾスを見やった。ハゾスはこの上もなくにがい顔をして、珍しくもグインの視線を避けるようにそっぽをむいた。

「マリウス」

ゆっくりと、グインは、なかば無駄だと知りつつも、ことばを続けた。

「何度もいうが、子供じみたことをいうものじゃない。——死んでしまった人間に、そのようなことをいってやりたいという、それは、生きている人間の感傷というものだ。それに、お前はひとつ忘れている。お前がクリスタルを出てからもう、何年という月日が流れている。お前もまた、おおいなる運命の変遷があった。お前ももうひとり身の若者ではなく、ちゃんと妻と子供のある、責任ある大人として成人したのだし、同じようにアルド・ナリスも妻帯し、そしてさまざまなことがあって、ああして決起し、そしてその結末を迎えた。それぞれに、責任ある成人としておのれの人生を思ったように生きただけのことだ。いかに少年のころに、はたの無理解や虐待にたえてともに身をよせあって生きてきた記憶がなまなましいからといって、いまのアルド・ナリスも、お前と二人そうしていたときのかよわいひな鳥のままであるわけはないのだぞ。マリウス」

第四話　出　奔

1

「そんなこと、云われなくたって、わかってるよ！　子供じゃないんだ！」

思いがけず激昂してマリウスは怒鳴った。

「それこそ、もうぼくだって子供じゃないんだ。放っといてくれ。どうして、みんな、ぼくをそっとしておいて、好きにさせてくれないんだ？　そんなにもぼくがたよりなく、しょうがなく見えるのか？　そんなに何の考えもなく、ひとりだちしてないように見えるのか？」

思わず「そうですよ」と答えそうになって、あわててハゾスはよけいなことをいわぬようくちびるをかみしめた。マリウスは、わかっているぞといいたげにグインとハゾスを交互ににらみつけた。

「確かにそれはそうかもしれないさ。みかけはぼくはこんなだし、あんたたちみたいに威風堂々ともしてなけりゃ、ご立派でもない。でかくもなけりゃ、たくましくもない。あいてが気にいらぬことをいったりしたりしたら、剣にものをいわせてだまらせる、なんていう、横暴なことだって、できやしないんだ。したくもないけどさ！　だけど、ぼくだって生きてるんだ！　そうだ、ぼくにはぼくの考えというものがあり、感じる心があり、そしてぼくにはぼくだけの、たったひとつの人生がある。それを、自分だけのものにするためにぼくは生まれ故郷を出た。名前も家も最愛の兄さえも捨てた。ぼくがどんなに兄を愛し崇拝していたと思う――それはもちろん葛藤していたけれども、それさえも、その存在がぼくにとってとてつもない大きなものであったればこそだ。そうでなければ、愛してなければ憎みだってしやしない」

「それは、そのとおりだ。愛しあっていなければ、憎み合うことにもならない。愛と憎しみとは同じ神のつかさどるものなのだ」

重々しくグインが賛成したので、マリウスはちょっと気をのまれたようにグインを見つめた。

が、またすぐに気をとりなおして、くってかかった。

「それが――それがわかっているのなら、兄を捨てたことそのものが、ぼくにとっていかに兄を愛していたか、兄が重大だったかのあかしだということもわかってくれたっていいだろう。ぼくは兄を嫌いになって捨てたわけじゃない。兄を愛するがゆえに捨てていったんだ。だからこそ……だからこそ、いまぼくは思っている……兄のところに帰らなくてはいけない。兄はいま、ぼくを待っているんだ……って……」

「死んだ人間は、何も待ってはおりませんですよ、マリウス殿下」

たまりかねたように、ハゾスが不平そうに口をはさんだ。マリウスはハゾスの端正な顔をにらみつけた。

「あなたはとても偉いケイロニアの宰相で、ぼくはただの吟遊詩人だってことは知ってますよ、ハゾス閣下——だけど、だからといって、ぼくにはぼくの生き方があるんだ。ぼくには自分の考えをもつ権利がある、そうじゃないんですか？」

「マリウス、これでは話にならん。ちょっと落着くがいい。茶でも飲んで、気持を落着けろ、それから話をしよう」

グインは珍しく、困惑したようにいった。マリウスはようやく椅子に腰をおろして、グインから茶碗をうけとったが、ちっとも気持が落着いたとは見えなかった。その目は、まだ放っておけばいまにもぼろぼろと涙が流れおちそうにうるんでいたのだ。

「そうだよ。グイン」

彼はいくぶん声を低めていった。

「そう云わせたいのなら認めてもいい。もう、ナリスは死んで、そしてぼくを待っているなどということは生きているものの感傷にすぎないのかもしれない。ドールの黄泉にいってしまったものには、現世のことはもう何もかかわりがないのかもしれない。だけど、だけど、ぼくは会いたいんだ。ぼくはもう二度とナリスに会えないままで、ナリスが——あの美しい、この世で一番美しいと思っていたぼくの兄が埋葬されてこの世界から消滅してしまうなんて、そんなことには我慢ができない。いっそぼくもともに埋葬されてしまいたいくらいだ……ナリスでなくて、ぼくが死んでしまえばよかったんだ。そうだよ、ナリスに会わずにいられないのはぼくなんだ。たとえ死顔でも、どんなに冷たくかたくなったかわりはてたすがたでもいい。この目で見ないうちはぼくには信じられない。ぼくには、ナリスがもうこの世にいないなんて決して信じられない……」

「マリウス」

グインは、これまでとはまったく違った、奇妙な沈んだ——ほとんど、悲しげでさえある口調で、ゆっくりとその名を呼んだ。

「マリウス。——お前には、わからないのか。……お前はもう、ひとりきりで世界をさまよい歩いている、ただの吟遊詩人ではないのだぞ。お前は、ケイロニア皇女の夫であり——そういわれることがいやだったら、オクタヴィアという、不幸に育ってきたにもかかわらず黄金の心をもつ素晴しい女性の夫だ、といってもいい。そして、お前は、もう、マリニアという可愛い娘の父親なのだ。お前はかつていっていた……子供ができたら、自分はその子をどんなにか可愛がるだろう。自分が恵まれぬ育ちをしたから、決して子供にはそんな悲しい思いはさせたくない。早くに父を失ったから、自分の子供だけは幸せに育っていってほしい——お前はもうひとりではない、ということの意味がわからんか。お前にはオクタヴィア姫とマリニア姫という家族がいる。そしてかれらは、お前だけを夫として、父として、頼りにしているのだぞ」

「そんなことあるもんか」

マリウスはむっと口をひきむすんだ。

「タヴィアには、あんな立派な父上だの、素晴しい義弟だのがいるし——マリニアにだってそうじゃないか。マリニアもタヴィアも、ぼくがいなくても全然困ることもなく暮らしてゆけるだろうよ。いや、むしろ、ぼくがいなければ、かれらは何も悩むこともはばかることもなく、ケイロニアの皇女とその娘として、アキレウス大帝の娘とその大事な大事な初孫として、何不自由なく、大切に守られて新しい立派な離宮でおじいさまと一緒に暮らしてゆけるだろう。ぼくひとりが余計者なんだ。いつも、そうだった——クリスタルの宮廷でも、ぼくひとりが余計者だった。兄は立派なアルシス家の王子で、ぼくは——いやしい身分の女が生み落とした、厄介ものの子供だった。ぼくがいなければ、ぼくと母がいなければよかったと兄だって、兄の母の大公妃殿下だってずっと内心思っていたんだ。いや、内心じゃない。何度もろこつに皆にいわれたさ、そう口にだして。やっぱり育ちの悪い女を母にもつ卑しい血だ——ヨウィスの女の血筋はあらそえない、どれだけそう云われてきたか。それにぼくがもしもまったく傷つかなかったと思うのなら……もうでもそんな昔のことはどうだっていい。結局のところ、タヴィアだって、自分の身の安全だの、マリニアの幸せだのを考えたときに、ぼく——吟遊詩人のマリウス、っていう、たったひとりのかよわい男なんか、ちっともあてにしてはくれなかったんだ。ぼくは、たとえ及ばずながら、彼女とマリニアのためならいのちを捨ててもいいと思っているよ……だけど、そう望まないのはかれらのほうなんだ。かれらは……もう、すべてぶっちゃけて云ってしまうよ。ぼくは、タヴィアに頼んだ。ここに到着して、みながぼくをここに幽閉しようというたくらみだとわかったときに、頼む、ぼくと一緒にここを出ていってくれ、ぼくの妻としてぼくを愛しているのなら、ぼくのこのわがままをきいてくれ、そう頼んだ。だけどタヴィアはことわった――タヴィアはそれをことわったんだ。父があんなによくしてくれているのに、それを裏切ってまたもう一度老いた父を悲しませることはできない――父はもう老齢だから、今度出てゆけばもうたぶん二度と会わないだろう、マリニアを父上からとりあげることはできない――それに、いまの世界の情勢を考えたら、とても、私たちは出てゆけるような状況ではないわ――グインのいうとおりよ、ここにいるのが一番安全だわ、そして幸せだわ、私も、あなたも、マリニアも、お父様も、みんな――そういって、タヴィアはぼくの頼みを断った。タヴィアはたったひとつ間違っていたよ。きっとそれで正しいんだ。それで全員が幸せなんだ。ただ――ただ、ぼくひとりをのぞいては！」

「………」

グインは黙り込んだ。

そしてもう、何かことばを告げる無力を悟ったかのように、じっとマリウスを見つめていた。ハゾスはいいたいことがあまりにたくさんあってたまらぬ、というようすだったが、グインの手前をはばかるように激しくくちびるをかみしめて黙っていた。

マリウスは反抗的にかれらを見回して続けた。いつのまにか、すっかり涙はかわいていた。

「本当は、黙ってこの宮廷から抜け出してしまおうかと思った。だけど、そうしたらあんまりだろうと思ったから、ずっと、じっと我慢をしていたんだ。誰ひとり——そうだよ、誰ひとり、本当はどうしたいの？　ってぼくにきいてくれなかったよね。誰ひとり、ぼくが本当は何を望んでいるかには何の注意も払わず、嬉々としてぼくの幸せを勝手に決めてくれつづけたよね。ぼくはササイドン伯爵になんかなりたくない。なりたくもなければ、なれもしない。爵位なんかにぼくが恋々とするとでも思うのか。中原でいちばん伝統あるいちばん誇り高い王家の王子に——たとえ母の出自はいやしくても、そこの王家の王子に生まれたこのぼくが、ケイロニアの爵位などをありがたがり、それを出世と思い、それに身も心もよろこんでつながれるとでも思ったのか。君たちには、全然何ひとつわかっていないんだ。君たちには一生わかることはないだろう——歌うために生まれた人間の、カルラアの神殿に生まれついたものの心なんか。君たちにとって価値であるものは何ひとつぼくにとっての価値なんかじゃない。ぼくにとって大切なのは真実と自由、ただそれだけだ！　真実と自由！　それはときとしてぼくには愛よりも強い。だからぼくは兄から逃げた——兄が、ぼくの望まない愛とそして兄の右腕として戦う将軍の地位をおしつけようとしたから、ぼくはそこから逃げ出した。ぼくは戦わない。一生ぼくはどこのどんな国家のためにも戦ったりしない。戦いなんか大嫌いだ。いや、戦うどころか、ぼくは決して国家なんかに所属しない。ぼくは自由でいたいんだ。ぼくは縛られたくない。ぼくは——ぼくはいつも、たったひとりのマリウスでいたい！」

「なら、どうして、妻帯なさったのです？　お子さままで作られたんです？」

ハゾスがしずかにいった。

「むろん自由でいたいと望まれることは殿下のご勝手です。だが、それならなぜ、オクタヴィア姫の夫となられたのです。ひとたびは、ササイドン伯爵の地位も――喜んではないにせよ、うべなわれた。それはまだよしとしましょう――オクタヴィア姫もひとりの大人であられるのですから。だが、マリニア姫については――私にも、何人もの娘や息子がおります。なかには、養子に出しているものもおりますが、そのすべての血のきずなはすべて私の責任です。もしも自由でありたいと本当に望まれるのなら、子供をもうけられるべきではなかったのではありませんか。子供は生み落とすけれども、それは他人に育てさせればよいというのでは、それでは、あの伝説の『子育て鳥とガーガーの卵』のようではありませんか」

「ぼくにどう断りようがあったというんだ」

マリウスはむっとしていった。

「あんたたちおえらがたが全員そろって、これがいい、これが一番いいとぼくのゆく道を勝手に協議して決めているときに、いったいこのぼくの声なんか誰がきいてくれたというんだ？　それは、これまではいつもとても頼もしいと思っていたグインでさえ、そうだった。グインもこれが一番いいことだといった……ちょっとでもわかってくれたのはあの気の毒なローデス侯だけだ。あのひとだけがぼくのいいたいことをきいて――少なくともきこうとしてくれた。だけどあんたたちは、最初から、何もかも自分で決めてしまって、何ひとつぼくには決める余地も、反対する余地もありはしなかったんだ！」

「ひとつだけ申上げてよろしければ、ケイロニアは奴隷制の国家でもなければ、殿下は我々の捕虜になっているわけでもございません。私どもはグイン陛下以下、さまざまな危険をおかし、無理をかさねてマリウス殿下を救出したのだと思いますし、そのことを感謝いただいていると思いこそすれ、まさかそのように、殿下を我々が束縛していると思われておいでとは夢にも思っておりませんでしたね。それにもうひとつ申上げてよろしいなら、ロベルトは気の毒なローデス侯などではございません。確かに目は見えぬかもしれませんが、その運命はすでに立派に乗り越え、どんな目あきの人間よりもみごとにおのれのなすべきことをしております。そのようにお考えのこと自体が、殿下のお考えが、あまりにも表面上のものごとのかたちにとらわれている、ということの証明のようにわたくしには思えますが」

「ぼくは政治家じゃない」

マリウスはハゾスをにらみつけた。

「そんなまわりくどい言い方をしなくても、助けてやった恩を忘れたのか、マリウス、ってひとこと云えばいいんだ。そんなもの、忘れてはいないさ、グインがぼくをキタイから助け出してくれたことは永遠に忘れないし、恩にきてるとも。だけどそれはキタイから助けてくれたことに対してだけだ。そのあと、グインが強引にぼくの反対にもかかわらず、ぼくと一家をケイロニアに連れてきてしまったことについては、いまではどうしてもっとあのときにつよく反対しなかったんだろうとくやんでいるよ。あのときだったらもっとずっとことが簡単ですんだんだ」

「だが、あのときには、お前もトーラスにとどまることは危険だということはわかっていた」

グインは云ったが、あまり熱意のある声ではなかった。すでに、グインがかなり説得の情熱を失っているらしいことをハゾスは感じ取って、いっそうくちびるをかんだ。

「よろしいか、殿下」

ハゾスは端正な紳士でならす彼がめったには使わない、つけつけとした口調でいった。それほど腹をたてていたのだ。

「殿下はそれでよろしいかもしれません。殿下は一介の自由人として生きたい、そのためにパロ王家の王子のお名前をも捨てられ、兄上も捨てられた。そして、本来ササイドン伯爵などになりたくもないし、オクタヴィア、という名のひとりの女性を愛して子供までもうけはしたけれども、それはケイロニア皇女としての彼女を愛したのではない、それもそれでよしといたしましょう。マリニア姫のことについては、父親には、子供が生まれたからなれるというものではなく、すべての男が父親になれるわけではないということで、不運と思ってマリニア姫に諦めていただくということも――その母上にもですね――できましょう。それは、姫君がたには、何よりも頼もしいアキレウス陛下という祖父がおいでになる、それで充分すぎるほどにとりかえしもつきましょうからな。――しかし、ひとつだけ、それではすまされないことがございますぞ！」

「……………」

マリウスはむっとしたように唇をへの字にむすんだ。

日頃、いかにもものやわらかな印象をあたえる、にこにことして当たりのやわらかい巻毛の青年であるだけに、そうして口をきっとひきむすび、目つきまでするどくなった彼はまるで別人になったようにみえた。そして、そうすると、奇妙なことに、彼はいささかではあったが、かつてのナリスに——あれほど葛藤した彼の兄に、どこか似てみえたのである。もっともそれは、ナリスのように美しい、という意味ではなくて、ナリスのほんのときたまかいまみせていた、あの恐しいほどに酷薄で冷酷なまなざしと、人をひととも思わぬ、という激しく傲岸な激烈な魂に、ほのかに似たものがかいま見える、という意味ではあったのだが。

「さよう、ひとつだけ、それではすまされぬことがございます。それについては、いかがお考えかうけたまわりたい。アル・ディーン殿下」

ハゾスはしかし、ひるむようすも見せなかった。こちらも大ケイロニアを背負ってたつ宰相、のみならず、ランゴバルド侯家という、ケイロニア屈指の大貴族の誇りにもえたつ、鉄壁の気性である。たとえナリス当人を前にしても、ひくつもりなどありもせぬ。

「アル・ディーンと呼ばないでくれと頼んだでしょう。ハゾス閣下」

「そもそものことについて私はうけたまわりたいのです。いかに、ご自分で決めた名前を名乗られ、アル・ディーンという名で呼ぶなとおおせになり、その名を捨てたと主張されたとしても——世の中というものは、ご自分の希望ひとつで通るものではございませんぞ。それほど、ご自分の都合どおりになれば、何も——誰も苦労はいたしますまい。たとえその名をいかにお捨てになったと主張したところで、殿下のお名前はアル・ディーン――そしてその兄上はアルド・ナリス王子、そのいとこはレムス一世とリンダ大公妃、そしてその父上はパロ王家のアルシス王子――先代国王アルドロス三世の兄にあたられる、ということは如何とも動かしがたい。たとえどれほど殿下がもうそのような血は捨てたとおおせあっても――たとえ魔道をもって体内の血を抜き去ってしまおうとも、そう生まれついた、ということはどう変えることができるものではございませんぞ！　いや、殿下は変えたと信じられても、はたのものは、中原列強は、キタイの竜王はそうはみなしません。それ以前に、そもそも殿下からして、ちっともそのお名をすててはおられぬ。だからこそ、アルド・ナリスの死ときいてそのように動揺され、泣き崩れられ、そしてただちにそのもとにかけつけたいと思われる。もしまことにパロ王家の血、アル・ディーン王子の名を捨てておいでなら、もうアルド・ナリスの死もまた何のかかわりもない筈！」

「失礼な」

マリウスは蒼ざめていた顔にいくぶん血の色をのぼらせながら叫んだ。

「ぼくは泣き崩れてなんかいない。動揺……動揺したらおかしいのか。ぼくが、たったひとりの兄の死に動揺したらおかしいのか。ケイロニアでは、肉親への情よりも世間体のほうが大事なのか」

「そんな話をいたしておるのではございませぬ。殿下は話をそらそうとしておいでなので？

――でしたら、無駄なことでございます。ことは、殿下おひとかたのことではございません

ですからな。わたくしは及ばずながらケイロニア宰相をうけたまわる身の上、あなたさまがご自分に責任を持たれるのと同じ程度に、ここにおいでの敬愛する国王陛下、さらに敬愛する大帝陛下にたいし、ケイロニアに対する責任を重くうけたまわっております。ほかのことはすべてよしといたしましょう。殿下が、いま火中のパロに戻り、兄上の死という悲劇にさいしてパロの血に目覚められ、それで捨てたはずのアル・ディーンというお名前に呼ばれるままに、パロ内乱にまきこまれてゆこうとお望みならそれはもう、お好きなように、ご勝手にということにいたしましょう。オクタヴィア姫のお嘆きも、マリニア姫があの幼さで父君を失われることも、アキレウス陛下のお嘆きも、諦めていただきましょう。あのかたがたはお強いですからな。そうした運命を、甘受されてさらなるおのれの力にかえてゆかれるだけの志を充分にお持ちです。——しかしながら」

ハゾスは大理石の机を叩かんばかりに、マリウスをにらんだ。

「われわれケイロニアはどうなるのです。わがケイロンは、国王陛下が無事救出してこられたシルヴィア姫、そしてオクタヴィア姫ご一家をもろ手をあげて歓迎いたしました。そして、オクタヴィア姫のご披露も終わり、オクタヴィア姫がササイドン伯を夫とされたことも国民のまえに明らかになりました。そのせつには、むろんいやいやであられたかもしれないが、マリウス殿下もササイドン伯爵マリウス殿下と呼ばれることを、とにもかくにもご承知であった。その名においてケイロニア皇帝家に参加されることをうべなわれたわけですぞ。それが、いまになってそのササイドン伯とは実はパロの王子アル・ディーン殿下であった、ということが公けになろうものなら――ササイドン伯の名をすててパロに戻った、ということでもです。わがケイロニアの立場はどうなります。ケイロニアはずっと、長年にわたり、この強大な安定した帝国の平和を守り、人民をやすらがせ、そして諸外国のひんぴんとおこる内紛や抗争、国どうしのたたかいにまきこまれぬために、非情な外国内政不干渉原則をつらぬきとおして参りました。それによって、縁戚である国家からはいかに非難されようと、断固として、それが――ケイロニアが参戦せぬことこそが中原の最大の平和のみなもとところえて、断じて他国に出兵するを拒んで参ったのです。それが、いまになって、実はパロの出奔した王子を皇帝の姫の夫として迎えていた――それが、もともとどちらもおのれの素性を知らずに愛し合った結果だった、などということが、ありうると、諸外国政府が信じるとでもお考えですか。ケイロニアは、どのように申し開きをしようと、諸外国からごうごうたる非難をまぬかれぬ結果となるでしょう。そしてまた、内乱のまっただなかのパロは当然、それを知れば、どちらからもケイロニアに対してさまざまな要求が出てきましょう。ナリス軍からは当然の結果として弟たるケイロニア皇女女婿にケイロニア軍の援軍要請が――そうでなくとも、すでにナリス側からはひんぴんと、援軍を依頼する密使が到着していたのですから。そしてパロ王側からは、反逆者アルド・ナリスの弟であり、反逆軍に合流すれば死せるナリス公のあとをついで反逆軍の頭領たりうる資格をもつササイドン伯の引き渡しを要請して。いかにご自分ひとりがすでにパロ王家を捨てたつもりになられようと、それだけの迷惑がすでに、殿下の存在によってわれわれケイロニアにかけられておるのですぞ。しかも、われわれはそれを承知の上で殿下を受入れ、なんとかしてパロ王子であるということを他国には知らせぬままお守りしようと心を砕いてまいりました。それをして、われわれのおしつけ、迷惑だとおおせになるか。ご自分ひとりで生きておられるつもりでおいでかもしれませんが、殿下とてこの世の中に生きているのにはなんらかわりのないこと、人間はだれもたった一人で思いのとおりになど生きてゆけるものではないのですぞ。ケイロニアに——あえていうならば、もともとは何の縁もゆかりもないにもかかわらずそうして貴方を受入れ、厚遇し、安全と地位とおすまいと幸せを提供しただけのケイロニアに対して、殿下はそこまで忘恩をもってむくいられるおつもりですか！」

「……………」

マリウスは黙り込んだ。

烈火の気合いのハゾスの弁舌にいいまくられた、などというのは、それこそ口から先に生まれてきたマリウスにはありうべからざることであったが、それ以上にその沈黙が雄弁に物語っていた——（あんたともうこれ以上話す気なんかないよ）という彼の心のうちを。

ハゾスは激しくくちびるをかみしめたが、なおも諦めずにいいつのった。

「よろしいか、殿下。殿下はたとえどれほどいとわれようと、パロ王子なのですぞ。そのパロ王子であることで——オクタヴィア姫がパロの王子を夫に選んだことでどれほどケイロニア皇帝家が震撼し、困惑し、そしてまた——」

「もう、いい、ハゾス」

しずかなグインの声がさえぎった。ハゾスははっとして黙った。

「ともかく、いま俺にいえることは、そのナリス死すの情報とても、真偽はいまだ確認されておらぬ、ということと、いまお前が軽挙妄動するのは、アルド・ナリスのもとにかけつけるどころか——俺に助けを求めようとトーラスを飛出して、妊娠しているタヴィアが窮地に追い詰められるのを知らなかったり、自分もまたグラチウスの手におちたりした、あの愚をくりかえすだけのことかもしれぬ、ということだ。もしも本当にお前がどうあっても兄のもとにろうそくをたむけに出むきたいというのなら、それもまた俺も何か方策を考えてやらぬでもない。ともかく、ちょっとだけ落着くようにつとめてくれ、マリウス。いまのお前は何か考えてもまともには考えられん」

2

マリウスが退出していってからも、まだ、ハゾスはぷんぷん怒っていた。

「まったく……」

「まあ、そう、怒るな、ハゾス」

グインはあいかわらず泰然自若と、もうすべてすんだことだとでもいいたげに、ワルスタット特産の山ぶどうのワインを口に運んでいる。その悠揚迫らぬすがたまでが憎らしいといいたげに、ハゾスは端正な顔を紅潮させてグインをにらんだ。

「なんで、陛下は、あの若者をそう甘やかされるんです」

ハゾスは憤慨した。そして、グインがついでやった山ぶどう酒をぐいと一気に飲干してしまった。

「得心がいかない——ああ、まったくもって得心がゆきませんよ。それはどれほどいいくるめられても駄目ですよ……陛下の日頃のなさりようからいっても納得がゆかないのですからね。まったく、私がこれほどよく陛下を存じ上げていると確信しているのでなければ、もしかして、陛下は旅先であの若者と個人的に何かおありだったのではないかとでも——あの若者に、あらぬ興味でも持っておいでなのではないかとさえかんぐりかねないところですよ。まして当人からして、吟遊詩人として、色も売り歩いていたと平気でいっているようなやつなんだし。――いったいぜんたい、なんだってまた、オクタヴィア殿下はあんなのがいいと思われたんでしょうか？　私にはわかりませんね。姫は実にしっかりした――そう、こういってはなんですが王妃陛下とは比較するのも失礼なくらい、しっかりしたご気性のかただと思っておったんですが。オクタヴィア姫はご自分がしっかりしていすぎるから、ああいうとんでもないのがいいんですかね」

「まあ、そういうな、ハゾス。あれで、あの若者にも、いろいろといいところもあるし――あれには、あれなりに、あの言い分にだって筋が通っているのだろうということは、俺にはわからんこともないぞ」

「だからっ……」

ハゾスはますます憤慨して、山ぶどう酒にむせかえってしまいそうになった。

「それが甘やかしだというんです、それが！　なんだって、陛下はあの若者に限ってそう……」

「俺はべつだん、甘やかしているとは思わん」

グインは紫のマントに包まれたたくましい肩をすくめた。

「たぶん、ケイロニア宮廷の最大の弱点というようなものがあるとしたら、むしろそれなのではないかと俺としては思っている。つまりは――なんというかな、かたぎの、善良な市民のもの考え方をしか、解しないというところだな」

「何をおっしゃるんです。陛下」

ハゾスはグインのむかいにどさんと腰をおろした。

「善良ではいけないとでも？　真面目でかたぎだったら何か悪いことがあるとでも？　陛下は、あの若者の気持を理解できるとおっしゃるんですか？」

「理解できるとはいわぬよ。俺もまた、なんというか——責任を自ら引き受けることをつねに自らに課してきた。そうでない生き方というのはよくわからん。というより、気持悪くてできぬというべきなのだろう。——だが、マリウスは、たぶん責任を引き受けていないとは、感じておらぬのだろうな」

「責任のがれもいいところですよ！」

ハゾスは興奮して手をふりまわした。

「いまさら——子供まで生ませておいてからいまさらどうやって気儘なひとり者に戻ろうというんです。それはね、私だって——こういうさいだから申しますが、結婚してからだって、ふと、心にいいなと思う女性のひとりやふたりはいなかったわけではないですよ。だが、べつだんうちの家内がギランどののむすめだから、というようなことはまったく別問題として、家庭をつくり、それをいとなみ、しかも妻のほうは何ひとつ私から見て文句のつけようのない、きちんと誠実に、貞節に家庭を守り、子供を育ててくれている以上、私には妻と子供とに対する責任というものがあるじゃないですか！　義務もあるし——でもそれが喜びをもたらすものでもある。ランゴバルドの国や、もっとおおきくケイロニアに対しても同じことだ。われわれケイロニア人のなかには誰ひとりとして、自らの引き受けた責任を、引き受けておいてからあんなふうにして放り出してかまわぬと思うような無責任野郎はいやしませんよ」

「まあ、だからこそ、ケイロニアは平和なわけだが」

グインは苦笑して認めた。

「だが、そこがそれ、パロ人との気質の違いというものは、ぬきがたくあるのだろうと俺が考えるゆえんだよ。たぶん、俺もパロ人的な気質よりははるかにケイロニア気質のほうが近いし、相容れるものだと思う。むろん、それはそうでなくては困る——何はともあれ、ケイロニア王なのだからな。だが、それとは別に、理解しえぬものでも多少は想像によっておぎなえる柔軟さがなくては、それこそ国内でしかやってゆけぬことになってしまう。国それぞれに、沿海州の剛毅も、草原の自由も、パロの頽廃も、クムも——ましてキタイも、それぞれ実にさまざまな特徴を持っているのだからな。だがつまるところは同じ人間だ。それは俺は忘れたくない」

「それは、陛下は立派すぎるかたですからそのように思われるのでしょうが、わたくしごとき凡人は」

ハゾスは口をとがらせて口答えをした。それから、このようなことをいっていてもしかたないとあらためて気づいたかのように首をふった。

「まあ、あまり感情的になっていたら、それこそ陛下に、マリウス殿下と同じ水準でだだをこねているだけだと冷やかされそうですから、実際的になることにしますよ。それにしても、私はどうもあの青年とはとことん相性が悪いみたいですな」

「そうなのか、ハゾス」

「そうですよ。——どうもこうも、そもそもの最初から、いったい何をばかなことをほざいているんだ、こやつは、と思ったし——これは最初にほら、アキレウス陛下のお申し出について ごちゃごちゃいったときの話ですがね。そのときからもう、気に食わなかったし——陛下はじめお歴々が、意外とお気にめしたようだったのが、まことに実は心外で——このハゾスも、何かおのれの好き嫌いでひとを見る目がゆるむということはあるんだろうか、なんといってもグイン陛下が、それにアキレウス陛下までもそうしてほめておられるからには、あ あいう——なんというのですかね、よくいえば芸術家気質というのですか？　そういう連中にもいいところはあるんだろうかと一生懸命思おうとしてみたのですがね。——これについては、ディモスなどにはそんな微妙なことはてんからわかりませんから、ロベルトにいろいろきいたり、相談したりしてみたのですが」

「ロベルトどのはなんといわれていた」

「笑っているばかりで——なに、あやつは、いつだって、お利口ですから、だれかが不愉快になりそうなことは、あの天使のほほえみでごまかしているだけで何も云やあしないんです」

「それはまことにもって聡明な生活の知恵というべきだな。それに何をいうにも、ローデス侯がいかに多少他の選帝侯とは違う感覚を持っておいでだといっても、所詮選帝侯だし、ケイロニアの重臣であるには違いない。しかも陛下や選帝侯会議のあつい信頼を受けているくらいなのだから、どちらにしてもパロ気質を理解するとは俺には思えん」

「陛下にはおわかりなんですか。パロ気質にせよ、芸術家気質でもなんでもいいが、これだけまわりに迷惑をかけちらして、妻子を守る責任さえ放り出して好き放題に飛出してゆこうというあの男の気持が」

「そういってしまっては身もフタもない。だが、つまりは、彼には、そのつどそのつどの感情が強すぎて、自分でも制御できぬのだろうな。たぶんいまは、アルド・ナリスの弟としての感情に圧倒されてしまっていて、オクタヴィア姫の夫だとか、マリニア姫の父だということは——ましてやケイロニアへの責任などというものはまったく目に入っておらぬのだろう」

「だから、それが信じられないし、いやなんですよ。支配者たるもの、そんなことはいっておられぬじゃあないですか」

「俺も——」

ふと、グインは、まるでおのれが云おうとしたのではなく、ヤーンにでも動かされたかのようにつぶやいた。

「俺ももしかしたら——たったひとつのことのためならば、どのように取り返しのつかぬことでもしてしまうかもしれぬ。——おぬしらの信頼、陛下のお心、愛する妻への責任、すべてをなげうってでも――あまりにも身勝手と知りながら、こらえることもできずにその宿望に走ってしまうことがない、とはいえぬ……だから俺は彼に同情的なのかもしれぬ」

「何です」

ハゾスは、一瞬気をのまれたようにグインを見つめた。

「何です。その――たったひとつのこと……とは……」

「おのれの素性を知ること――そして、俺のこの――豹頭の秘密を教えてくれようというものがいれば――」

グインはトパーズ色の瞳でハゾスを見た。だがまるでその目はハゾスを貫いてその彼方の、まったく異なるものを見つめているかのようだった。

「俺はたぶん――シルヴィアをも忘れ――おぬしたちを失望させることをさえ考えられなくなって……」

「何をおたわむれを」

ハゾスは、ほっ、と深い、だが短い溜息をもらした。

そして、いくぶん悲しげにグインを見つめた。

「それはあの若者とはまるきり――あまりにも違ったことに思えますが。しかし私としては、申上げずにはいられませんが。――陛下は、もはやケイロニア王として、これほどまでに、地位と足場と、おのが故郷を手にいれられたいまでさえ、なお、その豹頭の下におのれのまことの顔がひそんでいて――どこかにあの伝説のランドックがあるということにこだわっておいでなのですか。——我々の至誠、これほどの崇拝と尊敬と心酔でさえ、豹頭の英雄の心をケイロニアにつなぎとめることはできないのでしょうか？」

「むろん、俺は……ケイロニアに剣を捧げている」

グインは低く答えた。

「そして俺はこの、豹頭の額にいただいた冠のことを決して忘れることはない。——だから、たぶん、そんなときはこないだろう。おぬしたちを失望させるような時は。安心していてくれ、ランゴバルド侯ハゾス・アンタイオス。もしたとえそんなことがあったとしても、俺は——シルヴィア姫を救出して戻ってきたときのように、身勝手に陛下のおことばにそむいてユラニアに攻め込んだときのように、俺は必ずおぬしたちのもとに戻ってくるし、また、そのことがおぬしたちのために最もよくなるように心を砕くと思う」

「陛下は、ここに——この黒曜宮においで下さることこそが、ケイロニアの心臓を順調にうたせている最大の崇高な任務なんです」

ハゾスは重たく云った。

「もし陛下がケイロニアを去られるようなことがあれば——もう二度とケイロニアはもとどおりの国とはならぬだろうという、いまとなってはもうそんな気さえしています。陛下が戴冠されてからまだそれほど間もないのに、もう、陛下のおいでにならぬケイロニアが私には想像もつかなくなっている。アキレウス陛下がおいでにならなくなっても同じでしょうが——しかし、アキレウス陛下のほうは、ああしてだんだん、退隠を夢見られることが多くなっておいでだ。それもすべて陛下がケイロニアの守護神として、ご自分にかわり登場してくれたと思われればこそのこと。――ケイロニアは陛下のその肩にかかっているのです」

「わかっている、ハゾス。それにたぶん俺は――ただ知りたいだけなのだ。知ってしまいさえすれば、どんな悪夢もおわり――俺はそのときこそ本当に一人の――たとえ豹頭であっても一人の人間として生き始められるようになるだろう」

「いまは、まだ、まことに生きてはおられぬとでも？――このようなお話も、ランゴバルドの大暖炉のかたわらで、また森のなかで、黒曜宮で酒をくみかわす夜にもいくたびとなくお話いたしましたが……」

「案ずるな。ハゾス――べつだん、いま気の迷いが生じているわけでもなければ、心がゆらいでいるわけでさえない」

グインはかすかに声をたてて笑った。

「ただ、だから、俺には、マリウスの気持が一から十までわからぬわけでもない、と云いたかっただけだ。それほどに強い渇望というものが人間にはある――それを持たぬ、おぬしらケイロニアの貴族たちは、とても幸せな人間なのかもしれぬ。あるいはまた、もしかしたら気の毒なのかもしれぬ。だが、マリウスの問題は――俺にとってはただひとつほかのものをすべてくつがえしてしまうかもしれぬ《マリオンのかいがら骨》なのだが、マリウスにとっては、その思いはそういう、魂をゆるがす渇望ではなく――いや、たぶん魂はゆるがされているのだろうが、それがあまりにも簡単に、そのつどゆるがされてしまうことだな。さきほどもいったように、たぶんマリウスにとっては、そのときそのときの渇望は真実なのだ。まったくそれを偽っているつもりもなければ、事実偽ってもおらぬのだろう。だから、オクタヴィア姫を愛したときには、それが最高の真実なのだろうし――いま、アルド・ナリスの死の報に接すれば、兄への思慕だけがすべてになってしまうのだろう。そして、それに殉ずることが唯一正しいと思えるから、それをさまたげるものはすべて悪だと思えるのだろうさ」

「ケイロニアの方言では、それを、不実、というのだと思いますが」

　怒ってハゾスは云った。

「それは、そういう男もいましょうし、そういう生き方もあるでしょう。それを認めないわけでもなんでもありませんよ、いかなランゴバルド侯でもそこまでかっちん玉ではない。まあ、その、私の目の前に出てこないで、そのへんの下町だかパロの宮廷だかでいとわしい女遊び、恋愛ごっこをくりひろげてそのどれも真実だと思っているのでしたらね。私の目の前に出てきたら、叩っ切ってやりたくもなるかもしれないが。まあそれはそいつの問題ですよ――ただ、いまの場合、それは殿下の問題だ、といってやれぬ最大の理由は、もしも殿下がこのまま、おのれの立場とケイロニアの立場にたいして自覚を持たずに行動し、衝動のおもむくままに行動してゆけば、われわれケイロニアがたいへんな窮地にたたされる、ということですよ」

「まあ、それはそうだ」

「そんな、落着いていられては困ります、陛下。――もしあの馬鹿者がケイロニアから出奔して本当にアルド・ナリスを失ったナリス軍に飛込めばどうなると思います。当然、あるじを失って途方にくれていたカレニアやサラミスの反逆軍はナリスの弟、ということで彼をおしたてて反逆のつづきを戦おうという気力を盛返しますよ。そのときに、その反逆軍の頭目が、ケイロニア皇帝の娘婿だということが明らかになったらどうなります。——ケイロニア皇帝は、反逆軍に味方すれば、娘婿可愛さにこれまでのあれほどおしたて守りとおしてきた内政不干渉原則を破ったという非難をあび、味方しなければ、娘婿を見捨てた非情の義父とそしられるだけのことですよ。——その上、マリウス殿下がナリス軍にまで無事にたどりつけるならまだしもですが、国王軍の手にでも落ちようものなら……こんどはそれを人質にとってレムス王がケイロニアに対し、協力要請なり——マリニア姫のひきわたしなりを要求してきたらどうします。当然考えられることではありませんか」

「それは、そのとおりだな」

「どうころんでも、ケイロニアは窮地に——それも、これまでの長い歴史で味わったこともないような、不愉快かつ不面目な窮地にたたされることになるんですよ」

うんざりしきったように、ハゾスは手のひらにもう一方の拳を叩きつけた。

「それも、我々は何ひとつ間違ったこともしていないのに、あの我儘者のものわからぬことと無責任と勝手気儘のためだけにそうなるんです。——私が陛下なら、もうこのさいしかたがないと見極めて、有無をいわさず殿下を地下牢にでも力づくで幽閉してしまいますよ、この騒ぎがおさまるまで。それとも、その次にいいことは、オクタヴィアさまをなんとか説得して、あの男と別れさせ、その上でどこでも好きなところへゆけ、今生の別れだといって彼をワルスタット国境へ送りつけてやることですね」

「これは、辛辣だな、ハゾス」

「辛辣でも何でもございません。これは単なる事実です」

ハゾスは不満そうにいった。

「マリニア姫については、もう、アキレウス陛下の血筋をひいておられるのは確実なんですからね。それはもう、残る半分のパロの血のことでどういちゃもんをつけられても、ケイロニアが立って守るだけの根拠はありますよ。それはもう、内政不干渉の原則どころではない、マリニア姫について何か要求されたら、それは逆にパロからの、ケイロニアに対する干渉ですからね。それはもう、十二神将騎士団が全員たとうが、ケイロニアが総力をあげて戦おうがどこからも非難は出ない」

「………」

「本当をいったら、それこそアルド・ナリスなどの本当の策士だったら、どう転んでもこの縁組はわが国のために何の利益もないばかりか、害悪ばかりもたらす、とみなして、こっそり――」

「ハゾス、ハゾス」

「いいじゃないですか、いうだけなんですから。どうせ私がそんな陰険な陰謀をめぐらす気遣いなんかまずあるもんじゃない。私はパロ人じゃなくてケイロニア男なんだから」

ハゾスは陰険そうな目つきを作ろうとしながら云った。

「そうですよ。こういうときには、いっそ自分こそパロ人だったらと思ってしまいますね。──そうか、でも、そう考えると、マリウス殿下というのも、パロ人としてはあるまじきほどに率直だとは言えますね。その、おのれの欲求にのみ率直だということになるのかもしれませんが……」

「ああ、だから、それなりにいいところはあるのだといっているだろう。というか、よいところというのはつまりは悪いところの同じ盾の両側だということだ」

「私は、陛下ほど、悟りすましてはおりませんからね」

ハゾスはまた心やすだてに口答えをして、にやりと笑った。

「まあ、よろしいです。ともかく、私は陛下のご命令にしたがうだけのことですし──陛下は、あの若者を地下牢なり、離宮なりに幽閉しようとはお考えにならんわけでしょう」

「そんなことをしたらそれこそ、いっそう、籠の鳥の心に大空への渇望をあおってしまうだけのことだろうさ」

「では、あのまま放してやって、オクタヴィア姫とマリニア姫には、嘆きをかけさせてしまうおつもりですか。それに、パロ内紛にからんでのごたごたについては」

「俺も策士ではないので、そういわれても困るのだが」

グインはうそぶいた。ハゾスは信用しないぞ、といいたげな目でグインをながめた。

「が、まあ、最良の方法というのは、マリウスに心をかえてもらうよう説得することだろうな。それともうひとつは、アルド・ナリスがまことに死んだのかどうか、確認しておくことだ。それのほうが先決のように思える」

「それについてはもう、早速そのようにとりはからいますが」

「もうひとつ、いろいろ考えている方法がないわけではないが、それをいうと、ハゾスにはそれこそ、パロ人のような、といわれてしまうかもしれんな。いや、むろん、マリウスの命をどうこうしようなどといっているわけではないぞ」

「そうであっても、いまの私なら、うす笑いくらい浮かべて見ていられそうな気もするのですがね」

ハゾスは眉をしかめた。

「いや、でも、同じ幼い子供の父親でもある者として、あのかわいらしい赤ん坊から父親を奪うなどという真似はとてもしたくないな。オクタヴィアさまなら、マリウス殿下を説得できるでしょうか」

「むろん、妻なのだから、一番利害関係があるのも彼女だしな。彼女には、俺から話して、マリウスをひきとめてもらうために説得工作をしてもらうことにしよう。ほかに、この宮廷で、マリウスが少しでもそのことばを信用しそうな者はいるかな」

「それは、陛下のほかには……おいでになってから、ほとんど、家族としか顔をあわせないでひきこもっていますからね」

ハゾスはますますつのってくるうっぷんをここぞとばかり吐き出すようにいった。

「そもそものへんからして、本当はあやしいなと思っていたんです。この男はちょっとでも、本当にケイロニア皇帝家に馴染む心持があるのだろうか、いまにちゃんとササイドン伯爵、グイン陛下の義兄にして、ケイロニア第一皇女の夫、というきわめて重要な地位の責任をはたすことができるようになるのだろうか、とですね。――本来なら、ササイドン伯爵でもちょっと不自然で、なんとか大公にでもなっていてしかるべき立場ですからね。そして陛下の補佐をするべき。――いやはや、まったく、なんとも」

「まあ、しかたないさ。小鳥には剣はふるえぬし、采配だってふるえぬのだ」

グインは苦笑した。

「ロベルトのいうことなら、多少はきくのだろうか？　ロベルトは、比較的、まめに相手をしにいってやっているという話をきいたのだが」

「あれは、アキレウス陛下のお頼みがあったはずですよ。ちょっとうかがったことがある」

ハゾスは答えた。

「宮廷にちょっとでも、気心の知れた相手がいるようになれば、殿下もちょっとは気が休まって、うちとけてくるかもしれない、ということで。――じっさい、なんだってあんなに手間をかけさせるんでしょうね、天下のケイロニア宮廷に。――そうですね、ではロベルトにも、私からもそれとなく説得してくれるよう、あるいは殿下の気持をきいて、変えさせるよう話をしてくれといっておきましょう」

だが――

ハゾスは結局、その話をロベルトに伝えるひまはなかった。

そのまま、かれらがずっとこまかなパロ情勢についての内々の密議の続きに入って、そろそろ午後の軽食でも出されようかというころあいに、血相をかえた小姓が飛込んできたからである。

「大変です」

小姓が報告するまえから、もう、グインとハゾスにはその内容がわかっていた。

「ササイドン伯爵が、単身宮廷を出てゆかれました。どこにゆかれたか、わかりません。当番の騎士たちに探させておりますが、サイロンにまぎれこまれたらしくて……お部屋に、この書き置きが、皇帝陛下と、国王陛下あてに」

「なんてことだ」

ハゾスは両手を思い切り壁に叩きつけた。

「こういうときだけ、なんだってこう、行動が早いんだ。――呪われた小鳥とやらめ」

3

夕刻。

クリスタル郊外、ルーナの森の西、アレスの丘を、粛々と、行列が動き出した。

アルド・ナリスの棺をのせた馬車をまんなかにおき、先頭をカレニア騎士団、サラミス騎士団、そしてナリス軍のいくつかの聖騎士団に守られた、ひっそりとした行列である。さいごに、黒い布きれを帽子に結びつけて悄然としたクリスタル義勇軍が続く。

棺をのせた馬車のまわりに、ぐるりと黒衣の魔道師たちの軍団がかためているのが、一種異様な感じであったが、しかし、うわさをきいてその葬列のようすを見に物見高くかけつけてくる、本来ならばそのまわりを埋めつくしてしまうほどであるはずの群衆のすがたは、それほどでもなかった。

というより、予想の半分もなかった、といってもいい。場所もむろん、かなり住人の少ない、まばらに小さな村や集落が点在するだけのあたりであるし、ルーナの森をすぎると、それからイーラ湖までのあいだというのはさびしい街道が続いているだけの道になりはするのだが、それにしても、クリスタルからそれほど遠いわけではないのだから、普通であれば、クリスタルからも、大勢の物見高い連中や本当にクリスタル公をしのびたい連中、せめて見送りたいと望む連中などが何万という単位でかけつけたにちがいない。

それが、街道の両側に、ぱらぱらと、いかにもそのあたりの住人がおそるおそるようすを見にきた、といったふうに、そこに十人ばかり、こちらに四、五人、といったあんばいで散らばっているだけというのは、いかにも淋しい光景であったし、うらぶれてもいたし、また、それは、そのあたりの、灰色がかった緑の草が生えているばかりで、ゆたかな緑もみずみずしい花々や果樹園などもあまりない、アレスの丘の一種荒涼たる風景に、奇妙につりあってさえいた。

ことに、出発が夕景であったので、その淋しい葬列が進み出すとまもなく、日が傾いてきて、それはいちだんと心淋しい光景であった。もしも、心あるものがこのようすをはたから見守っていたら、これがあの、いっときはパロで一番いまを時めいた、そしてほろびるにしてもさいごまでパロ聖王をいやしくも名乗っていたクリスタル大公アルド・ナリスを墓どころへ送りとどける葬列であるのか、と涙を禁じ得なかったに違いない。

リギアとスカールとは、同じような黒い馬を並べて、その葬列のうしろのほうにしたがっていた。スカールはおのれの騎馬の民の大半を先にカレニアめがけて移動を開始させ、ほんの少数の自分の身のまわりを守る精鋭だけをおのれとともにひきいていた。リギアはもう、すべての任務をすて、スカールの妻になりきったかのように、聖騎士伯のよろいもぬぎすて、草原の女の服装をつけていた——それは何枚もの服をむやみやたらとかさねるもので、さいごにその上から頭にショールをかぶり、その上からまたぐるぐるとうす地の布をまきつけてとめてある。それの中に、まるで布の山に埋もれたようなかっこうになって、リギアは、おのれの顔をひとからのぞかれるおそれもなく、すっぽりとショールにつつまれ、スカールのたくましいすがたの横にひっそりと身をかくすようによりそって、馬上にゆられていた。そのようすはなんとなくいたいたしかった。

だが、リギアのようすに目をとめるものもいなかった。葬列に加わっているものは、それをひきいるサラミス公やカレニア伯から、一兵卒、クリスタル義勇軍の学生あがりの若い兵士にいたるまで、それぞれに程度はことなりこそすれ、おのれの悲哀や悲嘆、あるいは絶望にすっかり心を奪われてしまっていて、ほかのもののようすになど、目をむけるゆとりもなかったのだ。かれらはみな、うなだれて、それぞれの重たい思いを胸に抱いてすすんでいた。これほどに陰気な葬列はいまだかつてなかっただろうと――どちらにしても葬列などというものがそう、賑やかになろうはずもないのだが、それにしても、これほど気勢のあがらない葬列もないだろうと思うくらいな葬列であった。

といって、それは、悲嘆にくれ、恐しいまでの悲しみに沈んでいる、というのともどうも、なんとなく違うようであった。どことなく、皆のようすには戸惑いがあったし、不信もあったし――あえていうならば、奇妙な、本当にまだおきたことを信じていいものだろうか、と迷っているような不安な感じがあった。むろん、クリスタル義勇軍のなかには、敬愛する聖王のあとを追って自害するものも出たくらいで、最初は非常な悲嘆が全軍を包んでいたのだけれども、時がたつにしたがって、それにかわって、奇妙なとまどいに似たものが、だんだんひろまってきたのは事実であった。

だが、むろん、じっさいそこにそうして聖王の棺が馬車におさめられて運ばれているのである以上、おこったできごとには疑いのむけようとてもなかったはずなのだが——

それに、確かに、（これから、自分たちはいったいどうなるのだろう？）という、おおいなる不安が、葬列のなかにまじって進んでいるものたちの心を占めてしまっているのは、確かなことであった。むろん、かれらは非常な意気に感じ、パロを守り救出する使命感にもえて参戦したのではあったけれども、それもこれもナリスがいてこその話である。それがこのように突然のナリスの死という、あまりにも急激な転回点を迎えてしまったのだ。（そんな、無責任な——）（なぜ、俺たちをこんなところに取り残して……）という憤懣の思いもどうしてもぬぐえないし、また、（それで、ナリスさまについてきた自分たちはこれからいったい、どういうことになってしまうのだ）という、強烈な不安もある。むしろ、いまとなっては、怒りよりもその戸惑いと不安のほうが、行列に加わっているものたちを強くぬりつぶしていただろう。

さいわいにして——というか、ナリスの自害の報に接して、リーナス軍はただちに休戦の条約を締結し、とっとと軍をまとめてクリスタルに引き上げていた。新しい指示をまつためでもあっただろうが、とりあえず、その威圧的な姿が目の前から消滅しただけでも、ナリス軍の下のほうのものたちにとってはほっとすることであった。また、ナリスの死を確かめると、リティアス准将ひきいる国王軍の主力も、リーナス軍と合流してクリスタルに戻るべくさっとルーナの森をひきはらって引き上げていったので、いまはもう、赤い街道の周囲には、国王軍はまったくすがたをみせず、それだけにいっそう、逆に、(これからどうなるのだろう……)の思いは人々に強かったのだ。

カレニア軍、サラミス軍にとってこそ、それは帰郷の道でもあれば、戻ってもナリスの遺骸を守りとおす、という目的も持てたが、何よりもとまどい、迷い、困惑していたのは、アムブラから出てきたクリスタル義勇軍の面々であっただろう。かれらは、それぞれに、親をすて、家族をすて、家業をすてて必死の気迫をもってパロを救わんと参戦したのであった。いま、まだクリスタルはむろんレムス国王の勢力下にある。いま、クリスタルに戻れば、当然反逆軍として、捕縛され、投獄処刑のうきめを見るのはやむをえぬところだろう。だが、このまま、ナリスのなきがらについてカレニアに下ってゆけば、そこであらたに生きることになるのか。だがアムブラに、クリスタルに家族や妻子を残してきたものがほとんどである。おのれがそうしてカレニアに身をうつしたあとに、残した家族がどうなるのか、反逆者の家族として難をうけることになるのか——そのおそれもある。クリスタル義勇軍の面々のようすがもっともとまどいにみち、そして不安と、どうしていいか、道を見失った絶望にうち沈んでいたとしても、何のふしぎもなかった。

かれらは、それぞれにおのれの真っ黒な思いに胸をふたがれて、うち沈んで道をあゆんでいた。その見るからに暗澹たる思いは、ただようすを見にかけつけただけの物見高い野次馬たちにも伝わるのか、騎士たちは誰も、群衆をさばくために声をからしたり、群衆をさばく係を出動させたりする必要もなかった。人々もまた、遠巻きにこの気勢のあがらぬ行軍をみながら、ひそひそと、重苦しげにかれらどうしでささやきあっているだけだった。そしてなかには、あまり長いことこの連中を見ているとその不運と落魄がうつる、とでもいうかのように、そっとそこからはなれてゆくものも少なくなかったのである。

まもなくすっかり日がくれ、軍隊はそれぞれにあかりをともした。今夜は、ちょっと遅めまで行軍して、とにかくクリスタル周辺を極力はなれ、カレニアに近づく旅を続ける予定であった。そうなるともう、どんどんあたりは淋しい地方にさしかかってきて、やがて道の左側にイーラ湖がみえてくる。それまでは、ちょっとはなれたところを流れているイーラ川の河岸にゆるやかにそっていた道が、急にイーラ湖岸ぞいに寄り添ってくる。

本来、クリスタルからパロ南西部のサラミス、カレニアにおもむくためには、クリスタル市の南から出て、アライン経由でマルガにいたり、マルガから道はふたつにわかれて北西のサラミス街道をとるか、リリア湖岸にそって南下し、それからサラミス領の端をかすめて森林地帯へと入ってゆくカレニア街道をとるか、それが順当な道筋である。だが、そのためには、まさに敵の本拠地そのものであるクリスタル市をつっきらなくてはならぬ。

それゆえ、ヨナが選んだのは、イーラ湖ぞいにまわりこみ、イーラ湖北岸の小さな村タラから舟で対岸にわたって南岸のダーナムにいたり、ダーナムからまっすぐイラス平野を下ってマルガに入る、というルートであった。だが、イーラ湖の渡し船は、それほど大量に、軍内ではパロ国の全員をすみやかに渡せるほど大きな舟を確保することは期待できない。イーラ湖はパロ国内では最大の湖とはいえ、クムのオロイ湖などと比べたら、その三分の一もない湖である。そんなに大きな船はイーラ湖にはないのだ。数も少ない、小さな渡し船で何回も往復して渡していたら、おそろしく時間がかかってしまう。

それゆえ、ヨナは、棺とそしていくつかの部隊だけを指示してこの、舟で対岸のダーナムへ、というコースをとらせ、残りの陸路をとる部隊には、かなりの遠回りながら、イーラ湖のまわりをほぼ半周してダーナムに入り、そこから本隊を追いかけてマルガでの合流をめざす、という指示を出していた。マルガにはまだ、クリスタル大公騎士団や、ナリスを慕うマルガの住人たちがたくさん残っている。ナリスの長年育った場所であり、反逆に立上がる前の、つらく苦しい寝たきりの何年間かをずっとすごした場所でもあるマルガなら、たとえ国王命令にそむいてでも、ナリスの遺骸をしばしとどめ、それに別れをつげつつ、陸路の部隊が合流するまで守っていてくれるだろう——というのが、ヨナの予想であった。

いずれにもせよ、イーラ湖のまわりもそのあたりまでくると、ひときわ森閑としずまりかえり、ことに夜など、ルーナの森やアレスの丘周辺でさえ遠くにいくつもちらちらと見られた人家のあかりがほとんどなくなってしまうのが、いかにも人里はなれた——という印象をあたえる。人口の密度のきわめて高い、世界有数の人口をもつパロであるが、その人口は、その半分近くがクリスタルに集結している。残りはまた、カレニア、サラミス、マドラ、カラヴィア、ケーミ、ダーナムなどいくつかの大都市——なかには大都市というにはあまりに規模自体は小さいものがあったにせよだ——と、クリスタル周辺、郊外の田園地帯に集中している。その意味では、イーラ湖岸の西半分の周囲というのは、ずいぶんと、パロ国内でもひっそりとした過疎地帯といってもいい。

その、世にもさびしいたそがれがおりてくるなかを、淋しい葬列はひたひたと進み続け——どこまでも、この世のはてまでも続いているかにみえる赤い街道の赤いレンガの色さえも、一段としおたれて、くすぼけて見えるたそがれが、やがて、とっぷりと暮れて星あかりでしか見えぬくらいに暗くなり——そして、ついに、湖岸の反対側の森のなかから、ウォルルルーンと寂しげな犬の遠吠えがきこえてくるころになって、ようやく、夜営の命令が下った。

これについてはまた、ひそかな疑惑をもつものもいないわけではなかった——リーナス軍も、リティアス軍も、いったんクリスタルへひきしりぞいたとはいえ、それは、ナリス軍の掃討を諦めてのこととは思えない。それは、ナリスという王族の死に敬意を表したと同時に、国王から、新しい指令をうけ、こののち反逆軍に対してどのような立場でのぞむべきか、全員を掃討するのか、それとも追撃し、捕縛するのか、それを把握して再度追討にかかるためであるはずだ。

むろん、パロ国内の統一のためにも、今後ちょっとでも、ナリスの賛同者、信奉者がナリス軍の残党をひきいて国内に残っているようなかたちはレムスが許すはずもない。むしろ、いまこそ、武器をすてて投降せよ、との勧告もなされるであろうけれども、ちょっと時間がたてば、もう二度とこのような反逆のこころみがなされることがないよう、反逆軍に加わったものたちへの追及は苛酷をきわめ、ことに貴族、武将でナリスに加担したものたちは徹底的に追跡され、捕縛されて、おそらくは拷問の上残虐な処刑によって今後のためのみせしめとされる――というのが、通常予期されるこののちの展開であるはずだった。

そして、もう、それほど明敏な国王でなくとも、ごくふつうの知能と行動力を持っている王であったら、すでにそうしてナリス軍の残党の処罰のために行動は起こしているはずである。

そうである以上、夜に日をついででも、ナリスのなきがらを守って一気にカレニアまで、かけとおし、とにかくちょっとでもクリスタルからはなれて、討手との距離をあけることこそ肝要ではないのか――そうでなくても、こんな世にもさびれたイーラ湖畔などにあゆみをとどめて、いつなんどき奇襲をかけられないものでもない、暗い淋しい森と湖のちまたに一夜をあかすことは危険すぎるのではないか――その思いは、誰しもが持っていたはずであった。だが、すでに、ナリスなきあと、かれらをじっさいにひきいているのは他にいない、という暗黙の了解ができていたので、ヨナの指図にたいしてあえて異議をとなえるものは誰もいなかった。リギアが日頃のとおりであったら、皆はリギアから云ってもらったかもしれないが、そのリギアはもう、何ごとも関心はない、というようすをあらわに、スカールにだけぴったりとよりそっていたし、スカールのほうは、たまたまこの陰気な一行とゆくさきが同じなので、行をともにしているだけのことで、べつだん同行しているのではない、という態度をあらわにみせていた。そして、カレニア伯やサラミス公も沈黙を守っていたので、それよりも下っぱのものたちにとっては、まったくとっつきばというものがなかったのである。

だから、カレニア騎士団の若手たちも、クリスタル義勇軍の下っぱも、みな、内心では（こんなさびれた、とんでもない暗いところに夜営するのか……）（大丈夫なのだろうか？）との不安をかかえながらも、一方では、（もし国王軍が襲ってきたとしても、もうどうせ、いずれは死ぬのだし……）というようななげやりな気持も多少はあって、それで、いわれるがままにその暗いイーラ湖畔に夜営の準備をすすめたのであった。

月さえもない、ひどく暗い晩であった。あの、ぶきみな眼球の月は、人間あいてならばまったく何ものをもおそれぬナリス軍の勇者たちの心胆をも、ずいぶんと寒からしめていたが、あれきりまったくあらわれなかったし、もしいまあらわれたとしたら、逆に、もうナリス軍の残党たちはいっそう自暴自棄になって、それをおのれの運命として甘受する気持にもなってしまったかもしれぬ。

それほどに、なんともいいようのない、絶望的――といおうか、投げやりといおうか、途方にくれた、無感動な徒労感のようなものが、ナリス軍の残党すべてをおおいつくしていた。

湖畔におちついて、それぞれに、街道からあまりはなれないところにかがり火をたき、夜営の準備をしたが、かれらはなんとなく、もうおのれがどうなろうと知ったことか、というような感じだった。むろんなかには、不安の念やみがたく、何人か、闇にまぎれてそっと隊列をはなれていずこへともなく逃げ去ってゆくものもいたが、ヨナはその報告をうけると、「逃亡するものには、いっさいかまわぬように」とあらためて全軍にふれをまわした。

「どのような階級のものであれ、逃亡したいものにはさせ、離脱したいものには離脱させるように。ただし、離脱するものも、それをかんがみ、他人の荷物や金品などを盗み出してゆくことなどのないよう、心せよ。逃亡と離脱は軍法違反の罪にはとわないが、盗みについては軍法にしたがって処罰する」

このふれには奇妙な衝撃力があって、逃亡しようとしていたものを引止めた場合もあったが、逆に、それをきいてにわかに、つよい絶望を覚えてその場からおのれの荷物だけを持っておのれの軍からはなれてゆくものもいた。それらのすがたは、ただちにイーラ湖畔の深い森の闇のなかにまぎれて見えなくなったのだが。

そこまでは、しかし、国王軍の討手がかかるようすもなく、それらしい軍隊がクリスタルを出た、という情報も、魔道師の斥候から入ってはこなかった。ヨナは当面の目的である、イーラ湖の北端のタラの村へはあと十モータッドたらず、というあたりで全軍を夜営させたが、そのへんはことにどこにも人家の見当たらぬところだった。森はいっそう深くなって、湖岸にそって続いている赤い街道のすぐ近くまでおしよせてきている。森からは何か圧倒的な魔の気のようなものが、夜になるとひたひたとおしよせてくるようだ。それを、パロの山間部やカレニアなど森林部では、森の精霊の主ヨンダがひきいる森の精ルシエルたちの《気》である、というようにいっておそれる。だが、ヴァラキア人のヨナはべつだんそのようなものに注意もはらうことなく、湖岸に馬車をとめさせると、馬車に棺を安置したままその上から天幕を張らせて臨時の御座所とした。そして、その馬車の前に祭壇らしきものをこしらえて、おさだまりの供物を並べたてると、自分とカイは馬車のなかの棺のかたわらを居場所と決めて、祭壇のまわりには魔道師部隊の主力をならべ、天幕のまわりも魔道師部隊のものたちを配置して、そのまわりにさらに護衛の騎士たちをおいた。それでもうすっかり、準備万端ととのったとばかりに、ヨナはカイもろとも、馬車のなかにもぐりこんでしまった。むろんそのまえに、あれこれと必要な指図はすませてからではあったが。

カレニア騎士団、各聖騎士団、そしてサラミス騎士団もそれぞれに、御座馬車のある天幕からそれほど遠くない湖岸に夜営の陣を張った。そして、それぞれに馬の世話をし、最低限必要な夜の準備をおえると、それぞれの絶望にかられるままに、互いに話もせずにそれぞれの馬のかたわらにうずくまってしまった。

夜はひそやかに更けた。ヨナがそのように命じたので、魔道師たちは交代で、仮設の祭壇のロウソクにあかりをともしてナリスのために祈った。それにどこまでの効果があるものかはそれこそ神のみぞ知るだったのだが——そして、やがて、それぞれの騎士団がしずかになってしまうと、魔道師たちのいかにもひっそりとしめやかな動きとユラユラと揺れるろうそくの炎のほかには、もう何も、動くものはなくなってしまった。いや、少なくともそのように見えた。

クリスタルの都はすでに遠く、ここからではまったくあかりひとつうかがうすべはない。アレスの丘からでも、小高くなっている丘の頂上からは、不夜城たるクリスタルのはるかな輝きがちょっとのぞめるときはあったのだが、すでにあいだにたくさんの森をへだて、アレスの丘をもへだてて、このあたりは、そのクリスタルと同じパロとは思われないくらい、ひっそりと、荒涼としずまりかえった夜につつまれている。

やがて魔道師たちも、当番の者だけを残して魔道師たち用の天幕に引っ込んでいってしまった。きのうの夜も、その前の夜も、この世で一番長い夜のひとつではないかと思われたが、この夜はそれにくらべれば、むしろこともなく、ただ暗鬱な悲嘆のうちにひっそりと明けてゆくだけなのではないかと思われた。

その、ひっそりとしずまりかえった、イーラ湖畔の夜の底で——

何かが、動いた。

黒い、ひそやかな、影のようなもの——

魔道師だ。

黒い長いフードつきのマントに身をつつみ、やや小柄な魔道師のすがたが、そっと天幕のなかにわき出してきたとき、当番の魔道師たちはべつだん何の注意もはらわなかった。交代の魔道師だ、としか思わなかったのだ。

「交代でございます」

低いルーン語のささやきが、その考えをうらづけた。当番の魔道師は同じくルーン語で合言葉をささやいた。相手からも、合言葉がかえってきた。魔道師はうなづいて、そっと天幕を出ていった。

いまひとりの当番の魔道師はけげんそうに、フードのなかから光る目をむけた。

「お前一人か？」

ルーン語が低く発せられた。

「当番は二人交代だろう。もう一人はどうした」

「ちょっと、所用があるとかで、ただいま参ります」

「そのような怠慢な……」

交代の遅れたうっぷんも手伝って、魔道師が言い掛けたときだった。

黒いもやのようなものが、新来の魔道師の、ふわりとひろがっている袖のかげからふと舞った。

当番の魔道師は何か口をひらこうとした――が、そのとたんだった。

「あ……」

かすれたうめきがもれたかと思うと、その魔道師のからだが、どさりとその場にくずおれたのだ。

入ってきた魔道師は、落ち着き払ったようすでそのようすをながめ、相手が完全に動かなくなったのを確認した。それから、そろりそろりと、ふところからまじない紐をとりだすと、奇妙な印を結ぶようにたぐりながら、そっと御座馬車のほうににじり寄ろうとした。

ゆらゆらとロウソクの炎が揺れている。

魔道師は、御座馬車のまわりの空気にむかってその手をさしのべるようなしぐさをしようとした――そのときだった。

「タウロ。何をしている」

低い、だがはっきりとした声が、馬車のうちから発せられた！

4

「あ……」

瞬間、魔道師は立ちすくんだ。馬車の扉があいた。あらわれたのは、魔道師のマントをまとったヨナだった。

「何をしているかと、きいているのだ、タウロ。答えろ」

「いえ、その……お祭壇にろうそくをさしかえようと存じまして……」

「お前は祭壇をこえて、馬車のまわりにきているではないか?」

ヨナが云った。そして細い指さきを、タウロめがけてさしつけた。

「それにまだ交代の刻限ではない。何をしにきた。それに、なぜ、馬車の結界をとこうとした――いや、結界をとこうとしたのじゃないな。これは、何のまねだ?」

「この者は、結界をとこうとしたのではございませぬ。我々のはりめぐらした結界の上に、何やら、妙なしるしをつけようとしておったように、わたくしには、思われます」

ふいに――

ヨナの肩ごしから顔をのぞかせてひややかに云ったのはロルカだった。タウロはうたれたようにあとずさって身をふるわせた。

「さしでたことをいたしまして、申し訳もございませぬ。それでは、もう、失礼いたします。ナリスさまをお慕いするあまり、よけいなことをいたしました。どうぞ、お許し下さいませ。それではもう参ります」

「そうはゆかぬな、タウロ」

しずかな声はこんどはうしろからおこった。はっとタウロはふりかえった――うしろには、天幕の入口をふさぐようにして、ディランとその部下の魔道師たちの黒いすがたがあった。

「……………！」

タウロはあたりをきょろきょろと、活路をさがすかのように見回した。フードにかくれてそのおもては見えぬ。

「お前は、そもそも、何班所属の魔道師だ？」

ロルカがひきつづきとがめた。

「それは、あの……ギール上級魔道師づきの、第三班所属の……」

「ギール魔道師はしばらく、ナリスさまの密使をつとめるべくこの地をはなれていた」

ディランがひきついだ。

「だが、ようやく先日戻ってきて、またある秘密任務のためただちに動き――その間ずっと、お前をナリスさまのご要望に応じ、ナリスさまのおそばにつけていたが、ギール魔道師はもともと、レムス国王の命令により、ナリスさまづきを命じられた魔道師だ。……魔道師の塔が先日あらたに、ナリスさま方に全面的につくことを決め、全班を結成しなおしがあったとき、ギール魔道師もあらためて国王の命令からはなれることを誓約した上でナリスさまの魔道師部隊に編成がかえられた。——だが、そのときの編成には、お前は入っていないはずだぞ、タウロ」

「そのようなことはございませぬ。わたくしは、確かに、ギール魔道師から、ナリスさまの御用をつとめるようにとご命令をうけ、それを守っておりましただけのことで……」

「なら、なぜ、われわれの魔道師部隊の班に所属しておらぬ？」

ディランがきびしくきめつけた。そのディランのうしろに、またひとつ黒い魔道師のマントすがたがあらわれた。

「ギールでございます」

低い声が告げた。魔道師たちはみな、同じ黒いマントにつつまれ、フードでおもてを隠して目ばかりあらわにしている。魔道師の目をもってせぬかぎり、多少の大小以外の見分けがつかぬ。

「わたくしは、ナリスさまのご命令によって各方面に密使として参っておりましたので、編成に入るのが遅れました。しかし、もとより魔道師の塔の魔道師にとりましては、魔道師ギルドの命令は国王命令にも優先するもの——ただし国王命令と魔道師ギルドの利害が一致せぬときには、ということでございますが……当然、魔道師ギルドがレムス国王ではなく、ナリスさまを聖王としてあおぐ、とさだめた時点で、国王より頂戴した命令は魔道師ギルドのおきてにより、無効になっております。……そのせつに国王命令により編成した魔道師団は、すでにその編成が無効になっているはずでございます」

「この者は、その後、新しい編成の命令をうけておらぬまま、そのことを申し出ることもなく、我々と行動をともにしていた」

ぶきみな低い声でロルカが云った。

「むろん、われらとてもそれには心づいていなかったはずもない。だが、あるご命令により、われわれはそのことを見逃しているふりをしていた。——すなわち、ナリスさまのご命令により、タウロを泳がせろ、との内命をうけていたからだ」

「……」

タウロの光る目が、フードのなかで、左右を見回すように泳いだ。

だが、タウロはまだ、必死の抗弁をこころみた。

「わたくしは、何も……何もおかしなことは……」

「いま、お前が、われわれ魔道師部隊が御座馬車にはりめぐらした結界の外側に張りつけようとしたのは、白魔道師の結界破りの、黒魔道師の呪文だ」

厳しい声になって、ロルカが云った。

「お前は、間者だ。——そのことは、ナリスさまはとっくにお見通しであった。そして、あえて泳がせろ、とご命令になったのだ。それゆえ、我々はお前の動きを知っての上で見張っていたのだ」

「……」

「お前は、ヤンダル・ゾッグの手の者だな、タウロ」

その——

致命的なひとことが発せられた瞬間。

かすかなくぐもったうめき声をあげて、タウロは《閉じた空間》に死物狂いで飛込もうとした。

が、むろん、そうすることはできなかった——まわりは、何十人という魔道師たちにしっかりとかためられていたのだ。

だが——

(気をつけろ)

するどい心話がロルカから発せられた。

(こやつ、もとのタウロではないぞ。ただの下級魔道師の力ではない。結束しろ)

(了解!)

ただちに、魔道師たちが黒い影のように凝集した。タウロはいまや、追い詰められた獣であった。《閉じた空間》に飛込めぬままに彼はどさりと、飛上がろうとしたままのかっこうで地上におちた。だが、いきなりフードをはらいのけるなり、彼はこんどは、パロの魔道師たちの見慣れぬ印をくみ、魔道師ギルドの知らぬ奇怪な東方の呪文を叫びざま、魔道師たちの組んだ結界におどりかかった。

（わあ！）

いきなり、小さな雷鳴のようなものがほとばしり、白い光が舞った。

（手ごわいぞ）

（タウロめ、いつのまにこんな……）

（だから、こやつはもうタウロじゃないんだ！　気をつけろ、こやつはキタイの黒魔道師だと思え！）

心話が飛びかう。タウロは激しく印を結び、呪文をとなえながら、結界にむけてすさまじい勢いで白い光線を繰り出してきた。それに、頭を強打されるような衝撃を感じて、何人かの下級魔道師がひっくりかえった。

（馬鹿者！　ふがいないぞ！）

ロルカが怒鳴った。

（ギール、ディラン、力を！）

（おお！）

ただちに三人の上級魔道師たちが手をかさね、力を収束して結界の強化にかかった。が、タウロの必死の力は強かった。

（これは、こいつだけの力じゃない！）

（ヤンダルだ。奴がさきほどつけたルーンのしるしに、ヤンダルが力を送り込んできているのだ！）

（油断するな。ヤンダルが出てきたら、我々ではかなわないぞ！）

（馬鹿者どもが）

余裕をとりもどしたタウロの憎々しい心話がかれらの頭のなかにひびきわたった！

いや、すでに、それはタウロではなかったのかもしれぬ。

タウロのからだを道具につかって、ヤンダル・ゾッグがそのおそるべき力をふるおうとしているのだろうか——そのきざし、巨大な、あまりにも巨大な力がゆるゆると起動しはじめるのを感じて、ロルカたちは必死に身をよせあった！

（お前らごとき御用魔道師のへっぽこどもの手で、キタイの竜王の魔道が破れるか！）

（おのれ、ヤンダル・ゾッグ！）

（いや、待て、ディラン。ヤンダル・ゾッグじゃない、だまされるな！　確かに力はあるが、竜王当人がタウロのからだを使えるほどは、こやつには力はない！　竜王がこやつをきっかけにしてあらわれてこられぬよう、ありったけの力で結界を張るのだ！）

ロルカはギール、ディランとその大勢の部下たちすべてをおのれの周囲にあつめさせた。

そしてすべての力をひとつに集めるべく、必死の呪文をとなえはじめた。

空にすさまじい稲妻と雷鳴がとどろいた。夜営していた騎士たちは仰天して飛び起きた——

——だが、次の瞬間、かれらの口からもまた、驚愕と恐怖にみちた絶叫がほとばしっていた！

「な——なんだ、なんだあれは！」

「あああああッ！」

恐怖にみちた叫びをあげたのは、かつてアルカンドロス大広場に集結した経験のある、クリスタル義勇軍の、アムブラのものたちだった。

「あれは——！」

「ああ、あれはーっ！」

「竜だ——竜頭の怪物だ！」

まさしく——

あの日——あのおそるべき悪夢の日に、アルカンドロス大広場で、アムブラの群衆と、そしてクリスタル護民軍を襲った、おぞましい怪物——

竜の頭をもち、ひとのからだをもつ、《竜の門》の竜騎兵たち。

だが、それはこんなに巨大だっただろうか？

かつてアムブラの群衆を女子供までも容赦なくほふったとき、それらは、普通の人間よりもひとまわり大きくはあったが、それでもまだ、普通の馬にのり、普通の人間をひとまわり大きくしただけのように見えていたはずだった。

だが、いまは——

湖岸の暗い森のなかから、ぬっと、いくつもの——無数の、というほどではないが、十や二十ではきかぬ巨大な竜の頭と、そして白いよろいをつけ、マントをなびかせたぶきみなすがたが立上がっている。

人の頭よりもずっとたけの高い森の木々が、その腰のあたりまでしか届いていないのだ。

その背たけは、六タールではきかぬ。七タール、あるいは八タール近くもあるだろう。

「わあああ！」

さしも勇猛なカレニア兵たち、はじめて怪異を目のあたりにしたサラミス騎士たちも思わず悲鳴をほとばしらせた。

すでにその威力を知っているクリスタル義勇軍の恐慌はたいへんなものであった。カラヴィアのランは、必死になって、声をからして義勇軍のくずれたつのをとめようとして叫びはじめた。

「恐れるな。恐れるな！　もう、どうせ、俺たちのいのちはないんだ！　恐れるな。どうせなら、戦って死ね……」

どうせないいのちなら。

それ以外には、どう、この怪物に対して、勇気のふるいたたせようもない。ランにしても、もはやすべてを失ったあとの必死の叫びでしかなかっただろう。叫ぶなり、ランは自ら剣をひっつかんだ。そして、しゃにむに飛出そうとしたが、あわててかたわらから、副官がその腰を抱きとめるようにしてひきとめた。

「駄目です！　やつらは……大きすぎます。化け物です！」

「化け物は最初からわかってる」

ランは目を血走らせて絶叫した。

「あいつらが、アムブラの仲間を、俺たちの家族を、同志を殺したんだ！　あいつらは、俺たちの仲間の血をすい、肉をくらってあんなに大きくなりやがったんだ！　許さん。たとえこの身はどうなっても、ひと太刀なりともむくいてやる！」

「隊長！」

悲痛な声がとぶ――

森のなかから、ぶきみにぬっと上体をあらわした怪物たちは、のしのしと、木々をその木木にかくれて見えない下半身でへし折るようにしながら、こちらに近づいてこようとしていた。こらえかねて、一人が金切声の悲鳴をあげながら逃げ出すと、たちまち、それにけしかけられたように、何人もの兵士たちが逃げ出した。

が、それはクリスタル義勇軍だけのことだった。サラミス騎士団も、カレニア騎士団も、最初はそのぶきみなすがたに茫然としたが、たちまち、気をとりなおした。それだけ、すでにその怪物のことは耳にしてもいたし、また、ナリスが反逆をくわだてたそもそもの最初から、ずっとそのキタイの侵略について口をすっぱくしてといてきた、その効果はようやく、かれらに対してあがりつつあったのだ。

(自分たちが、相手にしようとしているのは、キタイの怪物なのだ……)

その認識は、すでに、ほかのものには知らず、ナリス軍にはかなり浸透していた。それに、カレニア軍のほうは、ジェニュア街道でも、これほどの大きさではなかったにせよ、竜騎士どもと遭遇し、そのぶきみな実態は目のあたりにしていたのだ。

「おのれ――」

ローリウス伯爵は、ただちに釆配をとりなおした。

「ひるむな、カレニアの勇者ども！　敵は怪物とはいえ、我々のほうが数がずっと多いのだ！　一匹につき、百人かかって打ち倒せ！」

「はーッ！」

伯爵の叱咤を得て、ただちにカレニア騎士団は飛び起きて応戦の用意にさしかかる。それをみてサラミス騎士団もただちにたがいに激励しあって戦いの準備にとりかかる。

巨大化した竜騎士たちは、ぶきみに赤い目を光らせながら、じっとこの様子を見つめていた。何を考えているかわからない。そのようすがひどくぶきみに見える。暗い森のなかから、上体だけぬっとつきだしながら湖岸のナリス軍を見下ろしているかれらのすがたは、あまりにも幻想的でもあれば、神話的でもあった——グインのあの豹頭の王者姿が、いかにも神秘な、神々しい神話を思わせたのとはまったくうらはらに、不気味な、悪夢のような——ドールの神話を思わせる、というような神話ではあったけれども。それは、遠くから見ているならば、ありうべからざる世にも不思議な神秘な悪魔的な光景として、見ているものの胸をふるわせただろう。

（外で……騒ぎが……）

だが、天幕のなかは、それどころではなかった。

（わかっている、ギール！　すでに魔道師が伝えてきた、キタイの竜頭の怪物があらわれたのだ！）

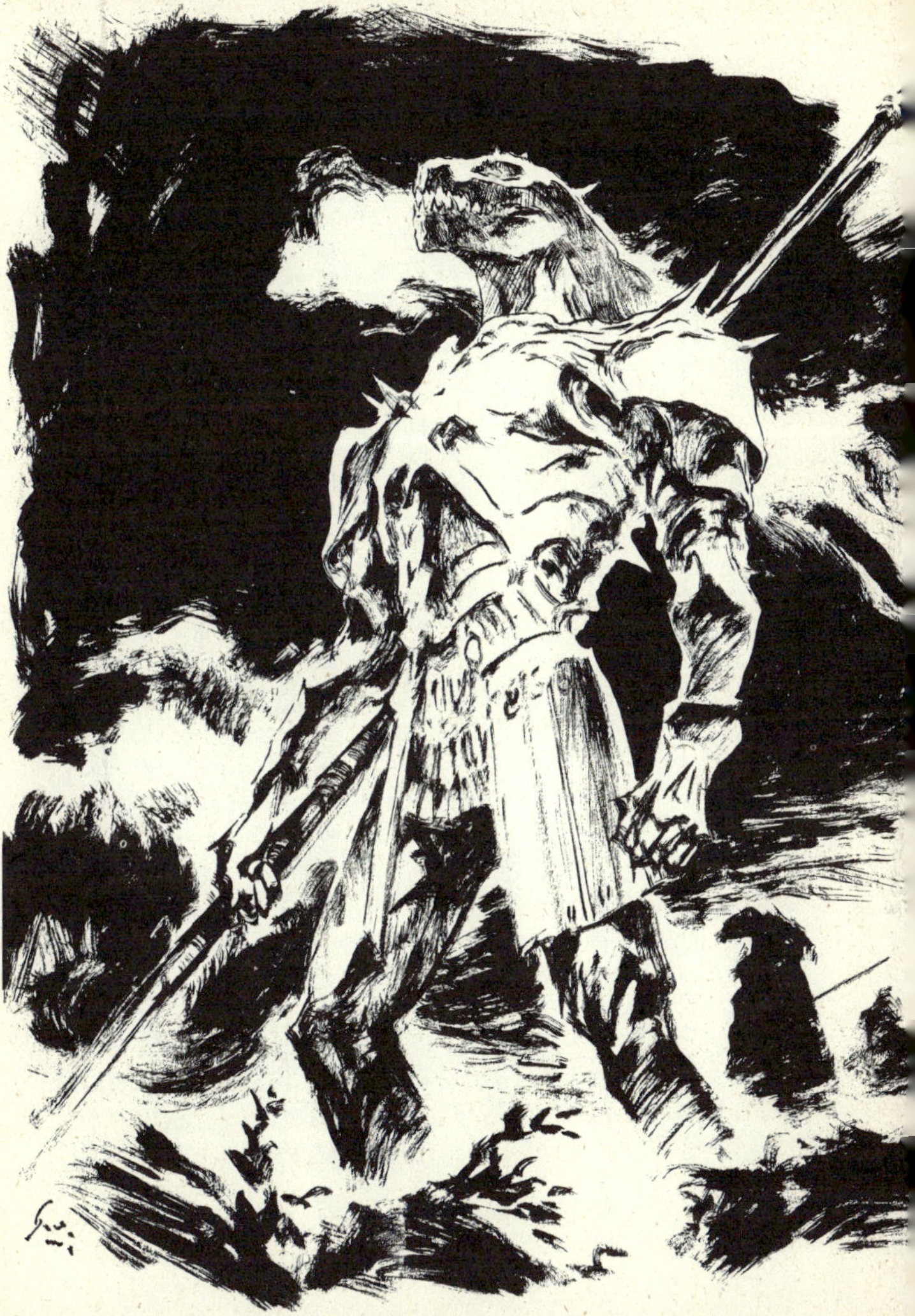

（早く……応戦せねば……）

（焦るな。いまは、ここでこやつをほふることが先決だ！）

タウロは、すでに、タウロを知っていたものであっても見分けがつかぬほどに、どろどろととけくずれかけてゆこうとしているように見えた。

その顔もすでにタウロの原型をとどめてはおらぬ。

ぶきみに顔がくずれてゆき、眼球が流れ出してきた。あまりにその粗末な人間の肉体にたくさんのエネルギーが注ぎ込まれたために、それを受け止めることができなかったのだ。

（ああ！）

（はばめ、阻止しろ！　これ以上、きゃつが変貌すると……）

（ヤンダルを呼び下ろしてしまう！　そうしたら我々には勝ち目はない！）

（いま、きゃつを……焼きつくすのだ！　力を集結しろ！　魔道師たち！）

必死の心話の叫び――

ロルカたちは、ありったけの魔道のエネルギーをあつめて、タウロであったものめがけて、高熱線を送り込む。

だが、タウロの残骸はたやすくそれをはねかえし、いや、それを吸い取っていっそうどろどろとエネルギーを増加させてゆくように見える。

（あ――危ない！）

（うわあああ！　駄目だ、熱線を向けるな、吸い取られる！）

悲鳴がたてつづけに起こった。タウロに近づきすぎた下級魔道師が、瞬間にジュッと溶けてしまったのだ。

必死の戦いをくりひろげる魔道師たちを、ヨナは馬車の入口に立ったまま、びくとも動かずに蒼白なおももちで見つめていた。馬車の周囲にもむろん、もっとも分厚く、しっかりと結界が張られている——その結界をしかし、がんがんと外側からうちつけるようにして、魔道のエネルギーがぶつかってくるのが、魔道を少しでもおさめたヨナには、現実の物理的な衝撃のように激しく感じられるのだ。

だが、ヨナは一歩もひこうとしなかった。まるでおのれの痩せたかぼそいからだで世界全体を守りとおすかのように、その背にナリスの棺を庇ったまま、食いつくような目でタウロと魔道師たちの死闘を見すえて動かない。

(わあああ!)

また、数人の下級魔道師が消滅した。タウロの力はおそろしく強化されているようだった。むろんそれはもう、あの下級魔道師のタウロの力ではありえない。

だが、さいわいにして、まだそれはヤンダル・ゾッグ当人が登場しているのではないはずだ。もしそうであれば、とてもこのような、ロルカたちをトップとする程度の、こんな人数の魔道師たちでは、歯もたつものではなく、とっくに結界は崩壊しているだろう。それがもっているということは、まだ、ヤンダル・ゾッグはあらわれてはいないのだ。

というか、おそらくはタウロは、ヤンダル・ゾッグのあらわれるきっかけとなるためには、力がなさすぎるのだろうと、ヨナは通常の目にはまったく何のことか意味をなさぬであろうその死闘のようすを見つめながら思っていた。

（ヤンダルほどの巨大な力をもつものになると、それ自体の動きもすべて大変なエネルギーの動きをともなう。ロルカたちが張った結界を破ることは、ヤンダルにはたやすかろうが、そのかわり、それをすることで確実に、ヤンダルの動きをこちら側に知られてしまうだろう。それゆえに、ヤンダルはタウロを使って、まずこちらの結界にしるしをつけて、やおらじわじわとおのれの勢力を送り込んでこようとしたのだろう）

（だが……タウロ自身も確かに強大化してはいる……いや、我々の……魔道師ギルドの魔道師たちの力が弱すぎるのだろうか……）

それとも、闇の、暗黒のキタイの魔道が、あまりにも異質で、白魔道しか知らぬ魔道師ギルドの魔道師たちにはたちむかいようがないのか。

ロルカたちは必死に戦っている――だが、もはや人間のすがたをとどめておらぬタウロから発せられる《気》が、しだいに強く、圧倒的なものになりはじめているような気が、ヨナにはした。

（危ない。……ロルカたちでは、ふせぎきれないかもしれない……タウロはどうやら、まわりの、倒した魔道師たちのエネルギーを吸収する術を使って強大化しつつあるようだ……）

（だとしたら……）

ヨナは思わず目をとじ、ルーンの聖句をとなえ、ルーンの印を結んだ。

いつのまにか、ヨナのうしろにカイがあらわれている。カイのほうは、魔道はまったく心得があろうはずもない。目のまえでくりひろげられている死闘も、普通人の目にはただ、ぶきみな怪物となってしまったタウロと、魔道師たちがむかいあって、なにやらあやしい光線を出し合っているように見えるだけだろう。魔道師たちのたたかいはもっぱらエネルギーだけでおこなわれる。

(神よ、パロを守りたまえ……神よ……ナリスさまを守りたまえ……)

ヨナのくちびるが、思わずも動いた——

そのときだった。

「うわあああああッ！」

すさまじい悲鳴がディランの口からあがった。

ディランのからだが、タウロであったものから出たぶきみな蜘蛛の糸状のものにからめとられ、そちらにひきずりよせられてゆこうとしている。

(危ない！)

ヨナは咄嗟に悟った。

(タウロでは——小物すぎて使えないから、ディランをのっとる気だ！　ディランなら——上級魔道師のディランの力を使えば、ここに、ヤンダルが……この結界のなかに出てこられる……)

(出てこられたら、我々は……終わりだ！)

「ディラン！」

ロルカの口から、魔道師の口からはめったに洩れることのない悲痛な絶叫があがったとき
——

「わ、あ、あ、あ………」

突然、凄じい絶叫もろとも——

タウロの残骸が、燃え上がった！

「あああ！」

ヨナも——

ロルカたちも、一瞬、何がおこったのかわからぬまま、茫然と立ち尽くした。

「ギエエエエ！」

もはや人間のかたちをとどめぬタウロの残骸から、すさまじい叫びがなおもほとばしり——

——

そして、何か青白い、およその人のかたちをした炎のかたまりが、黒こげになってその場にわだかまるきたならしいものからはなれて、狂おしいきりきり舞いをはじめた！

と見たとき——

それは、ふいに、何ひとつのこさずに消滅した！　タウロの残骸も、いつのまにか溶解していた。何ひとつ、そこには、タウロなどというものがいたというしるしさえ、残されてはいなかった。

「あ……あ……」

ヨナは——ヨナが——へたへたと馬車の床にくずおれそうになった。

ロルカたちも、まるですべての力を使いはたしたようにくずおれた。

ディランは、突然とけた呪縛に、地面に投出されたまま、激しく肩をふるわせて虚脱している。

「ロルカどの」

ヨナは弱々しく声をかけた。

「やった——お手柄……」

「違います」

意外なかすれ声の返事がかえってきた。

「私ではない、私では……私にはこんなことは……これは……」

「えッ……ロルカどのではない……で、では……」

「ヨナどの」

懐かしい——

限りなく懐かしい、そして頼もしい心話が——かれらの脳にひびきわたった！

「ヴァ、ヴァ、ヴァレリウスさま！」

ヨナは叫んだ。そしてこんどこそ、すべての力を失ったように、馬車の床にくずれおちた。

あとがき

お待たせいたしました。「グイン・サーガ」第七七巻『疑惑の月蝕』をお届けいたします。

いやいやいや、「極悪非道」とか、「地上最大のヒキ」とか、「作者が一番の悪党」とか、「この二ヶ月をどうしてくれる」とかずっといわれつづけた二ヶ月でありました（笑）って、このあとがきを書いているときには、まだ実際の発売には一ヶ月あったりするんですが、いまこれを読んでらっしゃるということは、もうこれがお手元にあるってことですものね。とりあえずはいったんは地獄のヒキを脱出されて——あらたな地獄にお入りになってるかもしれませんが（爆）。

自分でもしかし、「ううむ、二ヶ月か、そうか」と思いましたけど……そのかわり今回は、比較的早く、三月には次がお手元に届くようなので、七六から七七のあいだほどは極悪非道の名は高からしまらない（どういう日本語だ）かと思うのですが（笑）おや、ということは、二月に出て三月、ほぼ月刊ですね！　ひさびさの月刊グインです。なかには、週刊にしろ、とおっしゃったかたもおありでしたが……

そうして、わたくしの地獄のヒキに読者のかたがあえいでおられるあいだに、世の中は二十世紀から二十一世紀へとしずかにかわってゆきました。天気もおだやかで、とてもよく晴れ上がり、たいへんうららかなお正月だったと思います。ま、七日だったかに雪もちょっとふりましたけどね。東京はすぐやんでしまったし。

でも、二十一世紀！　なんですね。これはまあキリスト教紀元のものなんだから、日本はたいして関係ないじゃないか、という考え方もありますが、ずっとやはり「二十世紀」を生きてきたので、それが「二十一世紀」になる、ということはやっぱりけっこうそれなりの感慨はないわけではありません。ことに、一応SFなどというものを書いていて、それなりに未来のこととか書いたりしてきたものにとってはですね。私はかつてオーウェルの「一九八四年」をずいぶん愛読していましたので、一九八四年が現実にきてしまったとき、やはり相当におおっと思い、そして「ゲルニカ一九八四年」という本を書きました。が、いま過ぎてしまうと、来る前は「なんと、一九八四年になってしまった」と思っていたその時間が、まったく「けっこう昔」に思われるというのが非常にふしぎな気がします。いまでは八〇年代なんていったらけっこう、過去っぽいですよね。でもあのころには「すごい未来にきてしまった」感じもあったりしたものなんですが。

同様に、二十一世紀になってしまいました。ことに二〇〇一年というと、どうしても私の世代はキューブリックの「2001年宇宙の旅」を連想しますから、この数字にちょっとした思い入れがあります。

私が最初にこの映画を見たのは封切りで——というとなんかたちまち「トシがバレる」と冷やかされそうですが、いいです、もう。このお正月には「主な巳年生まれ」とかいってでかでか新聞にトシをバラされちゃいましたから、いまさらもう隠そうが若いぶろうがはじまらない。はいはい年女です。だから、小学校四、五年のころというと、もういまから三十年じゃとてもきかない、三十五年くらい前ですねえ。いや、四十年近く前かな（げー）。そのころに、封切られたこの映画をみて、私はもともと「映画に酔う」たちで、画面をみてると、三半規管が弱いんだか、くらくらしてきて、まわりの環境が悪いとそのまま吐き気がしてきます。大学のころにかなり映画館に入り浸って、そのころにはずいぶんよくなっていたんですが、その前までは、それで映画そのものをあまり見なかったりして——何回か、映画をみていて、戻しそうになって、外に出ていって（ないし、連れ出されて）吐いてしまったり、そのまま「戻らないでここに寝てなさい」といわれてロビーで休んでいたり、ということがありました。最初に映画をみたのがいまでも覚えているヘイリー・ミルズの「ドーヴァーの青い花」という映画なんですが、それも途中で吐いてしまい、（ってもちろん、外に出てですが）途中からあとは記憶がないです。ふしぎと怪獣映画と、それからアニメ映画は平気だったんですけどねえ。

で、「2001年宇宙の旅」はこれ、なんか小学校の催しで映画館にいって見たような気がするんですが錯覚かもしれません。家族と映画館にいったのかもしれませんが、確かに覚えてるのは、まずさいしょに無重力の人工衛星かなんかに人が入ってぐるぐる上下がまわる、それ見たとたんに「あっヤバイ」と思ったことです。これはさいごまでもたないぞと——案の定、だんだん気分は切迫してきて、最後に画面がぐるぐるまわったりめちゃくちゃになったりしますね、あそこで完全にヤラれました。で、やはり外にほうほうのていで出ていって吐いてしまい、それから寝ていて、やっと戻ってきたらもうほんとにラストシーンで「??」のままのおしまい、って感じでした。

でもかえってそのおかげでとてもインパクトが強かったような気がします。途中が全然わからなかったので(笑)むろん、そのあともうちょっと大人になってから、リバイバルロードショーでも見ましたし、名画座でも見ました。このときにはもう、そんなこともありませんでしたが、やはりあんまり胃は気持ちよくないままだったので、どっちかというと苦手な映画だったかもしれません。内容がどうこういう以前に、胃的に、ですね(笑)。

が、まあその「2001年」に現実になってしまった、というのが、なんかとても不思議というか、「おおお」という感じがしますね。二〇〇〇年のほうはたいしたことは感じなかったんですが……ふしぎなものです。二十一世紀というより、私的には、二〇〇一年に自分がいる、というのが不思議な気分なのかもしれません。そういえば、昔、「二十一世紀がくると、自分は……四十七歳」(二〇〇〇年で計算してたんだな)と思って「しょえー」と思ったことがありましたが、ほんとにそうなってみると、これは亭主とか、お友達の五十代になられたかたとかもみんな口をそろえていいますが「自分が五十代になるなんて思いもしなかったなあ」「なんかすごくふしぎな感じがする」っていう——だから、若いうちに、あんまり上の人を年寄り年寄りいわないほうがいいです。自分がなってみたとき、なんとも適応できない気分になります（爆）。

でもアトムが生まれるのにあと八年か九年のはずなんですけど、それもじっさいには、ある意味ではできてしまうようだし、またたくさんのSF作家が束になってかかってもなかなか予測できなかったのがこのインターネットってものでもあれば、パソコンの普及ってものでもあって——なかなか、これから先の時代は、面白いのかもしれないし、また大変かもしれないなと思います。このところ、あとがきがらみでいろいろありましたが、いかに普及したといってもインターネットに実際にアクセスしてるのはまだ少数派で、それ以外の大多数の読者にとってはそれは関係ない話だし、事情も全然わからないじゃないか、というようなご意見をいくつかいただきまして、それもまことにもっともであると思いましたので、以後はインターネットの話などはあとがきにはもちこまないコンセプトには（原則として、ですが）しておこうと思います。そう、確かに、日頃自分はインターネットもパソコン通信もごく日常的になってしまってますが、またそういう人が周辺にも多いわけですが、そうでないかたのほうが、いまはまだ、割合からいったらずっと多いわけなんですね。これからどんどん普及するかもしれませんが。サイトの消息とかはかまわないだろうと思いますが——おかげさまで、九月二十五日のサイト開設以来ずいぶん大勢のかたにいらしていただき、これを書いている一月九日の段階ですでに六万アクセスを突破しました。今年前半で十万アクセスは確実だと思います。七六巻のあとがきでURLを知っておいでになった、というかたがたいへん多かったので、念のためにもういっぺんアドレスをこちらに――というより、これからとりあえず、文末にURLをいれておくことにしますので、お忘れになったり、これからごらんになるかたのご参考にして下さい。リニューアルもしましたし、かなり読みやすくなりました。

それから、天狼プロダクションのほうから「これだけあとがきにのせてくれ」という切なる（笑）要望がありましたので――天狼叢書より第三弾として、「ローデス・サーガ2」である「眠り姫の夜――風が丘恋唄1――」（千二百円）が発売中です。通販もしておりますし、内容についてはサイトでも「新刊紹介」というコーナーをあらたにもうけておりますし、天狼星通信オンラインでも紹介していますので、そちらをご参照いただければと思います。天狼プロも、何がどうあれ、本が売れないと社員たちの暮らしに困るみたいですので（笑）よろしいかたは買ってやって下さい。今年はあちこちのイベントに持ってゆくそうですが、ほかにも常時おいている書店さんもあります。これも天狼星通信オンラインでお知らせしていますので、ぜひそちらをご参照下さい。今年の夏も、このシリーズかどうかはわかりませんが、天狼叢書は出したいものをまた出してゆく予定です。御興味おありのむきは、ぜひ、天狼星通信オンライン、神楽坂倶楽部、ないし天狼友の会のペーパーメディア「天狼星通信」のいずれかに継続的にアクセスしていただけたらと思います。最近、コミケでは息子がすっかり重要な戦力として販売を手伝ってくれるようになりました。これもなんだかふしぎな話です。

ということで、恒例の読者プレゼントは、富田香様、大和典子様、中谷まゆみ様、以上三名のかたにお送りいたします。それでは、この次はそれこそ「では来月！」ということでお目にかかれますね。

二〇〇一年一月九日

通販を含む天狼プロダクションの最新情報はインターネットのホームページ「天狼星通信ｏｎｌｉｎｅ」でご案内しています。ＵＲＬは次の通りです。

http://member.nifty.ne.jp/tenro_tomokai/

また、天狼叢書の通販等の情報を郵送で御希望の方は、長形四号の封筒に返送先を御記入の上、八十円切手を貼ったものを同封してお問い合せください。（受付締切等はございません）

〒162-0805東京都新宿区矢来町一〇九　神楽坂ローズビル３Ｆ
（株）天狼プロダクション情報案内グイン・サーガ77係

栗本薫の作品

心《しん》中《じゅう》天《てんの》浦《うら》島《しま》

テオは17歳、アリスは5歳。異様な状況がもたらす悲恋の物語を描いた表題作他六篇収録

セイレーン

歌と美貌で人々を狂気に駆りたてる歌手。未来へと続く魔女伝説を描く表題作他一篇収録

滅びの風

平和で幸福な生活。そこにいつのまにか忍びよる「静かな滅び」を描く表題作他四篇収録

さらしなにっき

他愛ない想い出話だったはずが……少年時代の記憶に潜む恐怖を描いた表題作他七篇収録

栗本薫の作品

ゲルニカ1984年

「戦争はもうはじまっている！」おそるべき感性で、隠された恐怖を描き出した問題長篇

レダ〔I〕

ファー・イースト30。すべての人間が尊重される理想社会で、少年イヴはレダに出会った

レダ〔II〕

完全であるはずの理想社会のシティ・システムだが、少しずつその矛盾を露呈しはじめる

レダ〔III〕

イヴは自己に目覚め、歩きはじめる。少年の成長と人類のあり方を描いた未来ＳＦ問題作

谷　甲州／航空宇宙軍史

惑星CB‐8越冬隊

惑星CB‐8を救うべく、越冬隊は厳寒の大氷原を行く困難な旅に出る——本格冒険SF

仮装巡洋艦バシリスク

強大な戦力を誇る航空宇宙軍と外惑星反乱軍との熾烈な戦いを描く、人類の壮大な宇宙史

星の墓標

戦闘艦の制御装置に使われた人間やシャチの脳。彼らの怒りは、戦後四十年の今も……。

カリスト——開戦前夜——

二一世紀末、外惑星諸国は軍事同盟を締結した。今こそ独立を賭して地球と戦うべきか？

火星鉄道一九《マーシャン・レイルロード》

二一世紀末、外惑星連合はついに地球に宣戦布告した。星雲賞受賞の表題作他全七篇収録

谷　甲州／航空宇宙軍史

エリヌス　——戒厳令——

外惑星連合軍SPAは、天王星系エリヌスでクーデターを企てる。辺境攻防戦の行方は？

タナトス戦闘団

外惑星連合と地球の緊張高まるなか、連合軍は奇襲作戦のためスパイを月に送りこんだ。

巡洋艦《クルーザー》サラマンダー

外惑星連合が誇る唯一の正規巡洋艦サラマンダーと航空宇宙軍の熾烈な戦い。四篇収録。

最後の戦闘航海

外惑星連合と航空宇宙軍の闘いがついに終結。掃海艇に宇宙機雷処分の命が下されるが……。

終わりなき索敵上下

第一次外惑星動乱終結から十一年後の異変を描く、航空宇宙軍史を集大成する一大巨篇！

神林長平作品

戦闘妖精・雪風

未知の異星体に対峙する電子偵察機〈雪風〉と深井零中尉の孤独な戦い——星雲賞受賞作

あなたの魂に安らぎあれ

火星を支配するアンドロイド社会で囁かれる終末予言とは!? 記念すべきデビュー長篇。

狐と踊れ

未来社会の奇妙な人間模様を描いたSFコンテスト入選作ほか六篇を収録する第一作品集

言葉使い師

言語活動が禁止された無言世界を描く表題作ほか、神林SFの原点ともいえる六篇を収録

七胴落とし

大人になることはテレパシーの喪失を意味した——子供たちの焦燥と不安を描く青春SF

神林長平作品

完璧な涙

感情のない少年と非情なる殺戮機械との時空を超えた戦い。その果てに待ち受けるのは？

今宵、銀河を杯にして

飲み助コンビが展開する抱腹絶倒の戦闘回避作戦を描く、ユニークきわまりない戦争ＳＦ

猶予の月 上下

時間のない世界を舞台に言葉・機械・人間を極限まで追究した、神林ＳＦの集大成的巨篇

Ｕの世界

夢から覚めてもまた夢、現実はどこにある？果てしない悪夢の迷宮をたどる連作短篇集。

死して咲く花、実のある夢

人類存亡の鍵を握る猫を追って兵士たちは死後の世界へ。高度な死生観を展開する意欲作

神林長平作品

敵は海賊・海賊版

海賊課刑事ラテルとアプロが伝説の宇宙海賊匂冥に挑む！　傑作スペースオペラ第一作。

敵は海賊・猫たちの饗宴

海賊課をクビになったラテルらは、再就職先で仮想現実を現実化する装置に巻き込まれる

敵は海賊・海賊たちの憂鬱

ある政治家の護衛を担当したラテルらであったが、その背後には人知を超えた存在が……

敵は海賊・不敵な休暇

チーフ代理にされたラテルらをしりめに、人間の意識をあやつる特殊捜査官が匂冥に迫る

敵は海賊・海賊課の一日

アプロの六六六回目の誕生日に、不可思議な出来事が次々と……彼は時間を操作できる⁉

ハヤカワ文庫

星雲賞受賞作

ダーティペアの大冒険
高千穂　遙
銀河系最強の美少女二人が巻き起こす大活躍大騒動を描いたビジュアル系スペースオペラ

ダーティペアの大逆転
高千穂　遙
鉱業惑星での事件調査のために派遣されたダーティペアがたどりついた意外な真相とは？

上弦の月を喰べる獅子上下
夢枕　獏
仏教の宇宙観をもとに進化と宇宙の謎を解き明かした空前絶後の物語。日本ＳＦ大賞受賞

プリズム
神林長平
社会のすべてを管理する浮遊都市制御体に認識されない少年が一人だけいた。連作短篇集

敵は海賊・Ａ級の敵
神林長平
宇宙キャラバン消滅事件を追うラテルチームの前に、野生化したコンピュータが現われる

著者略歴　早稲田大学文学部卒
作家　著書『さらしなにっき』
『あなたとワルツを踊りたい』『大導師アグリッパ』『魔の聖域』
（以上早川書房刊）他多数

HM = Hayakawa Mystery
SF = Science Fiction
JA = Japanese Author
NV = Novel
NF = Nonfiction
FT = Fantasy

グイン・サーガ⑰

疑惑《ぎわく》の月蝕《げつしよく》

〈JA657〉

二〇〇一年二月十日　印刷
二〇〇一年二月十五日　発行
（定価はカバーに表示してあります）

著者　栗《くり》本《もと》薫《かおる》
発行者　早川浩
印刷者　大柴正明
発行所　株式会社　早川書房

郵便番号　一〇一－〇〇四六
東京都千代田区神田多町二ノ二
電話　〇三－三二五二－三一一一（大代表）
振替　〇〇一六〇－三－四七七九九
http://www.hayakawa-online.co.jp

乱丁・落丁本は小社制作部宛お送り下さい。
送料小社負担にてお取りかえいたします。

印刷・株式会社亨有堂印刷所　製本・大口製本印刷株式会社

ISBN4-15-030657-5 C0193